죄
와
벌

I

일러두기

- 이 책은 Fyodor Dostoevskii, trans. Constance Garnett, 『*Crime and Punishment*』(Project Gutenberg, 2016)를 참고했습니다.

Преступление и наказание

죄와 벌 I

표도르 도스토예프스키 지음

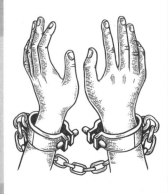

살림

표도르 도스토예프스키

러시아 화가 바실리 페로프의 1872년 작품. 도스토예프스키는 자선병원 의사 아버지 미하일 안드레예비치 도스토예프스키와 신앙심 깊은 어머니 마리야 표도로브나 네차예바의 둘째 아들로 태어났다. 17세 때 공병학교에 입학해 군 생활을 했으며, 당대의 젊은 문인들과 어울려 문학적 영향을 주고받았다.

페트라셰프스키 동인의 모의 처형 장면

1849년, 도스토예프스키는 페트라셰프스키를 비롯한 동료 젊은 문인들과 함께 차르 경찰에 체포당한다. 금서를 나누어 읽고 자유주의적인 발언을 했다는 것이 죄목이었다. 11월 16일에 사형이 선고되었으나, 12월 22일 세묘노프스키 광장에서 처형되기 직전에 황제의 특사로 감형 처분을 받는다. 시베리아 옴스크에서 4년간 수형 생활을 하게 된 것. 이 시기에 도스토예프스키는 수차례 간질 발작을 겪었고, 수형 생활을 마친 뒤에는 다시 군에 복무하게 된다.

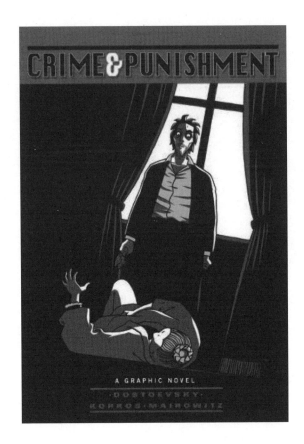

영국 셀프메이드히어로 출판사에서 펴낸 『죄와 벌』의 그래픽노블

도스토예프스키의 『죄와 벌』은 전 세계로 번역되었을 뿐 아니라 영화와 만화 등으로도 각색되어 사랑받고 있다. '한 인간이 대의를 위해 다른 인간의 삶을 앗아갈 수 있는가'라는 묵직한 물음을 바탕으로 탐정소설과 심리소설의 문법을 차용한 『죄와 벌』은, 그리하여 고전이 어떻게 시대를 뛰어넘는가를 보여주는 예시이기도 하다.

죄와 벌 I 차례

제
1
부

제1장

이례적일 정도로 지독히 무더운 7월 초 어느 날 저녁이었다. 한 젊은이가 자신이 세 들어 있는 S광장 골목의 하숙집 다락방으로부터 나와 왠지 망설이는 것 같은 느린 걸음으로 K다리를 향해 걸어가고 있었다.

그는 다행히도 여주인과 충계에서 마주치지 않을 수 있었다. 높다란 6층 건물의 지붕 바로 아래 있는 그의 방은 방이라기보다는 차라리 벽장에 가까웠다. 하숙집 여주인은 이 건물 아래 층에 살고 있었기에, 그는 외출할 때마다 활짝 열려 있는 주인집 부엌 옆을 지나칠 수밖에 없었다. 그는 그 옆을 지나칠 때마다 병적으로 두려운 느낌이 들었고 그 때문에 얼굴을 찌푸리며 부끄러워했다. 그는 여주인에게 도저히 갚을 방법이 없는 빚을

지고 있었고 그 때문에 여주인과 마주치기를 두려워하고 있었던 것이다.

그가 겁이 많거나 비굴해서가 아니었다. 오히려 그 반대였다. 하지만 그는 얼마 전부터 우울증에 가까운 초조함과 긴장 상태에 놓여 있었다. 그리고 여주인뿐 아니라 그 누구와도 만나는 것을 두려워하고 있었다. 그가 가난에 찌들어 있기 때문은 아니었다. 그는 현실적으로 중요한 문제에는 일체 관심을 두고 있지 않았으며, 현실적인 일을 하겠다는 의욕도 없었다. 그리고 여주인이 자신에게 무슨 조치를 취하건 조금도 겁나지 않았다. 다만 계단에서 여주인에게 붙잡혀 따분한 잔소리를 듣고 방세 독촉을 받으면서 이런저런 사과와 거짓말을 늘어놓는 게 싫어서 고양이처럼 살그머니 계단을 빠져나와 도망치듯 밖으로 나오곤 했을 뿐이었다.

그런데 그날 거리로 나서면서 그는 자신이 몹시 두려워하고 있음을 또렷이 자각할 수 있었다. 그는 묘한 미소를 지으며 생각했다.

'그런 큰일을 도모하고 있으면서 이런 사소한 일을 두려워하다니! 음, 그래, 모든 게 사람 하기에 달린 건데, 단지 두려움 때문에 그냥 흘려보내는 거야. 인간이 무엇을 제일 두려워하는가도 제법 탐구해볼 만한 문제로군……. 아니, 내가 무슨 생각이 이렇게 많은 거야? 생각이 많으니까 아무것도 못하고 있는 거잖아. 혹은 아무것도 하는 게 없으니 생각만 많은 건지도 모르지…….

그건 그렇고, 내가 지금 왜 거기로 가고 있는 거지? 내가 과연 그 일을 할 수 있을까? 그 일이 정말 심각한 일이긴 한 걸까? 절대로 그렇지 않아. 그건 순전히 심심풀이 삼아 내가 지어낸 공상일 뿐이야! 장난감! 그래, 장난감일 거야.'

거리는 끔찍할 정도로 더웠다. 게다가 탁한 공기, 혼잡함, 회반죽들, 공사장의 발판과 벽돌들, 먼지들, 페테르부르크 특유의 여름철 악취 등이 이미 지칠 대로 지쳐 있는 그의 신경을 더욱 예민하게 만들고 있었다. 시내 이 근처에 유난히 많이 몰려 있는 선술집에서 풍겨 나오는 악취, 평일 한창 일할 시간인데도 불구하고 길에서 끊임없이 부딪히는 취객들이 그렇지 않아도 우울한 이 광경을 더욱 역겹게 만들었다.

깊디깊은 혐오의 표정이 이 섬세한 청년의 얼굴을 스치고 지나갔다. 사실 그는 보기 드문 미남이었다. 큰 키에 날씬하고 균형 잡힌 몸매를 하고 있었으며 아름다운 검은 눈동자와 짙은 갈색 머리는 정말 보기에 좋았다.

그는 무언가 깊은 생각에 잠겨, 아니 더 정확히 말한다면 일종의 무아지경에 빠져 길을 걷고 있었다. 그는 주변을 전혀 의식하지 않는 것 같았고 의식하려 하지도 않는 것 같았다. 그리고 이따금 버릇처럼 무언가를 중얼거렸다. 그는 생각을 집중하기가 어려웠고, 온몸에 기운도 없었다. 벌써 이틀째 아무것도 먹지 않았던 것이다.

얼마 걷지 않아 그는 목적지에 도착했다. 그는 자기 집에서 그곳까지 몇 걸음인지도 정확하게 알고 있었다. 정확하게 730보였다. 언젠가 꿈속을 헤매면서 걸음을 잰 적이 있었던 것이다. 그때만 해도 그는 그 꿈을 믿지 않았다. 다만 그 꿈이 정말 추하면서도, 하도 대담하게 그를 유혹하고 있었기에 자극을 느꼈을 뿐이었다.

그런데 한 달이 지난 지금, 여전히 자신의 우유부단함과 무능함을 자조적으로 되풀이해서 비웃어왔으면서도, 그는 그 꿈을 어느새 하나의 계획으로 여기게 되었다. 그리고 그는 지금 그 계획의 '리허설'을 위해 가는 길이었으며, 한 걸음씩 발을 내디딜 때마다 그의 흥분은 점점 더 고조되었다.

신경이 극도로 날카로워진 채 무거운 마음으로 그는 어느 큰 건물로 다가섰다. 건물 한쪽 벽은 운하에 면해 있었고 다른 한

쪽은 거리에 면해 있었다. 건물은 작은 셋방들로 이루어져 있어서 온갖 직종에 종사하는 하류층 사람들이 살고 있었다. 건물의 두 대문과 두 개의 마당으로는 사람들이 쉴 새 없이 들락거렸다.

젊은이는 그 누구와도 마주치지 않은 것에 흡족해하면서 곧장 계단을 향해 오른쪽으로 슬그머니 들어섰다. 어둡고 좁은 뒤쪽 계단이었지만 그에게는 아주 익숙했다. 그는 4층으로 올라가 초인종 줄을 잡아당겼다. 초인종 소리에 그는 흠칫 몸을 떨었다.

잠시 후 문이 빠끔 열리고 주인 노파가 의심의 눈초리로 밖을 내다보았다. 그녀는 층계참에 사람들이 많은 것을 보고 안심해서 문을 열었고 젊은이는 안으로 들어섰다. 노파는 말없이 젊은이 앞에 서서, 묻는 듯한 눈초리를 그에게 보냈다.

예순쯤 되어 보이는 왜소하고 깡마른 노파는 더운 날씨에도 누렇게 바랜 털조끼를 어깨에 걸치고 있었다.

젊은이가 허리를 굽혀 인사를 한 후 입을 열었다.

"저는 라스콜리니코프라고 하는 학생입니다. 한 달 전에 왔었지요."

"기억하고 있지, 젊은이. 암, 기억하고말고." 노파는 여전히 의심쩍어하는 눈초리를 거두지 않은 채 또박또박 말했다.

"저, 이번에도 뭔가 잡히려고……."

그러자 노파는 옆으로 비켜서면서 방문을 가리켰다.

"자, 들어가시구려."

라스콜리니코프는 안으로 들어갔다. 벽에 누런 벽지를 바르고 창가에 제라늄 화분이 놓여 있었으며 모슬린 커튼이 쳐진 작은 방이었다. 방에 특별한 것이라고는 없었다. 누런 낡은 가구들, 나무 등받이가 달린 소파, 탁자와 화장대, 벽 가에 세워놓은 의자 몇 개, 벽에 걸린 싸구려 그림들이 전부였다. 하지만 방 안은 깨끗했고 가구도, 방바닥도 반들반들하게 닦여 있었다.

'심술궂은 노파의 방은 깨끗한 법이지'라고 라스콜리니코프는 생각했다. 그 방 옆에는 노파의 침대와 서랍장이 놓인 또 다른 방이 있었지만 라스콜리니코프가 그 방을 들여다본 적은 없었다.

라스콜리니코프의 뒤를 따라 방에 들어온 노파가 물었다.

"자, 무슨 일로 온 게요?"

"전당 잡힐 물건을 가져왔습니다." 라스콜리니코프는 호주머니에서 납작한 낡은 은시계를 꺼냈다.

"지난번에 잡힌 것도 기한이 지났는데……. 그저께로 한 달

이야."

"한 달 치 이자를 더 드릴 테니 기다려주세요."

"기다리든지 팔아버리든지 그건 내 마음이지."

"이 시계, 얼마에 잡혀주시겠어요, 알료나 이바노브나?"

"그런 허접쓰레기만 가져오다니……. 그건 한 푼도 안 나가
요. 지난번에도 반지를 받고 2루블을 내줬지만 그런 건 1루블
반이면 얼마든지 새걸 살 수 있다고."

"4루블만 빌려주세요. 꼭 찾아갈게요. 아버지 시계예요. 곧
돈이 들어오게 돼 있어요."

"1루블 반. 선이자 미리 떼고. 그래도 좋다면……."

"1루블 반이라니요!" 젊은이가 외쳤다.

"좋으실 대로." 노파는 시계를 도로 내밀었다. 라스콜리니코
프는 화가 나서 시계를 받아 나가려고 했지만 곧 마음을 가라
앉혔다. 이곳에 온 목적을 떠올렸던 것이다.

"줘요." 그는 거칠게 말했다.

노파는 주머니에서 열쇠를 찾으며 커튼 뒤의 다른 방으로 갔
다. 혼자 남은 라스콜리니코프는 주의를 기울이며 이런저런 궁
리를 했다. 그녀가 서랍장을 여는 소리가 들렸다.

'음, 맨 위 서랍일 거야……. 열쇠는 오른쪽 주머니에 넣고 다

니는군……. 그런데 열쇠 뭉치에 다른 것보다 세 배는 큰 열쇠가 있었어……. 귀중품을 보관하는 금고가 따로 있다는 이야기지……. 이런! 무슨 비열한 생각을 하고 있는 건가…….'

잠시 후 돌아온 노파는 먼젓번에 잡힌 반지 이자와 이번 시계 선이자 35코페이카를 빼고 1루블 15코페이카를 라스콜리니코프에게 내주었다.

밖으로 나온 그는 당혹감에 젖어 있었다.

'맙소사! 이 얼마나 역겨운 일이란 말인가! 내가…… 정말로 내가……! 이건 난센스야! 바보 같은 짓이야! 어떻게 그런 끔찍한 생각이 내 머리에 떠올랐단 말인가? 마음속에 그런 더러운 짓을 품을 수 있었다니! 정말 역겹고 비열한 짓이야! 정말 더럽고…… 역겹다……! 그런데 나는 한 달 내내……!'

그는 괴로움에 사로잡혀 마치 술 취한 사람처럼 비틀거리며 길을 걸었다. 그는 지나가는 사람들과 마구 부딪치면서 길을 가다가 다음 블록에 이르러서야 겨우 정신이 들었다. 주위를 둘러보니 그는 어느 선술집 앞에 서 있었다. 라스콜리니코프는 아무 생각 없이 계단을 내려가 선술집으로 들어갔다. 지금껏 그는 선술집에 한 번도 들어가본 적이 없었지만 지금은 현기증이 나는 데다 타는 듯한 갈증을 느끼고 있었다.

그는 맥주를 한 잔 시켜 마셨다. 그러자 모든 것이 금세 사라지고 머리가 맑아졌다. 마치 무거운 짐을 벗어버린 듯 그는 술집 안을 둘러보았다.

그 시간에 술집 안에는 별로 사람이 없었다. 맥주를 앞에 두고 약간 취해서 앉아 있는 남자가 농민 외투를 입은 체격이 우람하고 뚱뚱한 남자와 함께 앉아 있을 뿐이었다. 뚱뚱한 남자는 몹시 취해서 꾸벅꾸벅 졸다가 비몽사몽간에 상반신을 들썩거리며 엉망으로 노래를 부르고 있었다.

제2장

이제까지 사람들을 피해왔던 라스콜리니코프였지만 지금은 왠지 사람들에게 끌렸다. 한 달 동안 긴장되고 우울한 상념에 빠져 지내느라 지쳐 있었기에 단 1분만이라도 다른 세계에서 휴식을 취하고 싶었다. 그래서 그는 그 지저분한 선술집에 그대로 남아 있었다.

다시 술집 안을 둘러보니 좀 멀리 떨어진 곳에 퇴직 관리처럼 보이는 사람이 앉아 있었다. 아마 술집에 방금 들어온 모양이었다. 라스콜리니코프는 전혀 모르는 사람인 그에게서 뭔가 흥미를 느꼈다. 사실 그런 일은 사람들이 세상을 살아가면서 종종 겪게 되는 일이다. 라스콜리니코프는 훗날 그때 그 낯선 사람에게서 받은 첫인상을 떠올리면서 그것이 뭔가 예감 같은 것이었다는 생각을 하기도 했다.

라스콜리니코프는 가끔 그를 흘끔흘끔 쳐다보았지만 그 사내는 아예 이쪽을 줄곧 바라보고 있었다. 뭔가 말을 걸고 싶어 하는 눈치가 역력했다. 이미 쉰 살이 넘어 보이는 중키에 건장한 사나이였다. 희끗희끗한 머리는 이미 많이 벗겨져 있었고 밤낮없이 술에 절어 사는 듯 얼굴은 푸석푸석하다 못해 누렇게 떠 있었다. 다만 두 눈만이 생기 있게 반짝이고 있었다. 그는 낡고 때에 절은 검은 연미복을 입고 있었는데, 옷에는 단 한 개의 단추만이 달랑 달려 있을 뿐이었다.

라스콜리니코프를 한참 뚫어져라 바라보고 있던 그 사내가 드디어 그를 똑바로 쳐다보며 말을 걸었다.

"저, 선생, 감히 선생께 대화를 청해도 되겠습니까? 선생의 겉모습은 대단치 않아 보이지만 대단히 교양이 있고 술도 별로 좋아하지 않는 분 같군요. 제 경험상 그렇게 보인단 말입니다. 저도 교양을 늘 존중해왔지요. 물론 고상한 감정과 함께할 때 말입니다. 저는 9등 문관인 마르멜라도프라는 사람입니다. 감히 여쭙니다만, 혹시 공직에 계십니까?"

"아닙니다, 학생입니다." 라스콜리니코프는 상대방의 과장된 말투뿐 아니라 그렇게 단도직입적으로 말을 걸어오는 태도에 놀랐다. 그러자 막연히 누군가와 이야기를 나누고 싶던 마음은 사라지고 불쾌감과 혐오감이 치솟았다. 낯선 사람이 그를 가까이하려고 할 때마다 그가 느껴오던 감정이었다.

"대학생이라! 어디 잠깐 실례 좀 할까요?"

그는 휘청거리면서 자리에서 일어나더니 자신의 술병과 잔을 들고 라스콜리니코프에게 와서 마주 앉았다. 그러고는 마치 그런 기회를 노렸다는 듯 게걸스럽게 이야기를 늘어놓았다. 취해 있기에 말이 꼬이고 요령부득인 경우도 있었지만 대체적으로 웅변적이고 힘이 있었다.

"선생, 가난은 죄가 아니라고 하지요? 맞는 말입니다. 그리고 음주벽이 미덕이 아닌 건 나도 알고 있어요. 그건 더 맞는 말이지요. 하지만 거지 신세가 되는 건 악덕이라오. 가난하면 영혼의 고결함을 지킬 수 있지. 하지만 거지 신세가 되면 아무도 그럴 수 없어. 거지는 몽둥이로 쫓아내는 게 아니라 아예 인간 사회에서 빗자루로 쓸어버리지. 최대한의 모욕을 준단 말이요. 그리고 그건 당연한 일이야. 그런 신세가 되면 우선 스스로를 모욕하게 되는 법이니까. 그래서 술집이 있는 거요."

이어서 그는 장황하게 신세타령을 했다. 술집 종업원들은 계산대 뒤에서 킥킥거리기 시작했고 주인도 늘어지게 하품을 하면서 조금 떨어진 곳에 편한 자세로 앉았다. 그가 이곳의 단골임이 분명했고, 언제나 그런 식으로 낯선 사람들을 붙잡고 과장된 말투로 신세타령을 했음에 틀림없었다.

그는 집안 이야기를 늘어놓기 시작했다.

"내 외동딸은 노란 딱지를 받고 거리에서 살고 있지. 그래요, 나는 돼지란 말이요. 하지만 내 아내는 달라요. 나는 짐승 같은 꼬락서니지만 내 아내 카체리나 이바노브나는 장교의 딸로 태어난 귀부인이란 말이오. 나는 비열한 놈이라고 칩시다. 하지만 집사람은 교양 있고 고상한 감정을 지닌 여자란 말이오. 아아, 그 사람이 나를 좀 동정만 해준다면……. 이봐요, 선생, 사람에게는 누구나 자신을 동정해주는 데가 한 군데는 있어야 하지 않겠소? 그녀는 너그럽긴 하지만 공평하진 않아……. 아니야……. 그 사람이 내 머리카락을 잡고 질질 끌고 가는 것도 나를 불쌍히 여겨서라는 건 잘 알아."

그가 그 말을 하자 종업원들과 주인이 키득거리는 소리가 들렸다.

"하지만 다 부질없는 소리라는 것도 잘 알아……! 결국 이게 내 운명이고 난 날 때부터 짐승이었으니까! 그래, 이게 내 운명이요, 알겠소? 나는 그녀의 양말까지 팔아 마셔버렸소. 구두가 아니요. 양말이요. 구두라면 물건 축에라도 들지. 내가 왜 술을 마시냐고? 술을 마시면서 연민과 감정을 느끼고 싶어서이지……. 그래, 즐겁기 위해 마시는 게 아냐. 두 배로 더 고통을 느끼기 위해 마시는 거지."

이어서 그는 그의 아내가 남편과 사별하고 세 아이를 거느린 서른 살의 미망인이었다는 것, 그때 자신은 열네 살의 딸을 키우고 있는 홀아비였다는 것, 갈 곳이 없었던 그녀가 그의 청혼을 받아들였다는 말을 장황하게 늘어놓으며 덧붙였다.

"선생, 교육도 잘 받고 교양도 있는 그녀가 왜 내 청혼을 받아들였는지 아시오? 얼마나 궁핍하고 비참한 처지였으면 그랬겠소? 선생, 아시오? 갈 곳이 없으니까 온 거요. 울고불고하며 내게 온 거요. 선생, 아무 데도 갈 곳이 없다는 게 무슨 말인지 아시오? 아마 모를 거요."

그는 결혼 후 1년 동안은 보드카에 손을 대지 않았다. 그러나 그는 직장 정원 조정으로 실직 후 술에 손을 대기 시작했다. 그것이 1년 반 전의 일이었다. 그의 가족들은 여기저기 전전하며 고생하다가 페테르부르크로 왔지만 그는 간신히 구한 일자리를 금세 잃고 말았다. 그는 그것이 자기 잘못 때문이라는 말을 수없이 되뇌었다.

그는 계속 말했다.

"지금 우리 가족은 아말리야 이바노브나 립페베흐젤이라는 여자 집 방 한구석을 얻어 살고 있소. 도대체 어떻게 생계를 꾸려나가는지, 무슨 돈으로 방세를 치르는지 나는 도무지 모르오. 그 집에는 우리 말고도 많은 사람들이 살고 있지……. 소돔 같은 곳이오……. 추악하기 그지없는……. 전처에게서 얻은 내 딸 소냐도 이제 어른이 됐지. 그 애가 자라면서 계모에게 조금 구박을 받긴 했지. 카체리나 이바노브나는 정말 너그러운 여자지만 성격이 불같아서 한번 발끈하면……. 그 애는 열심히 일을 했소. 하지만 정직하기만 할 뿐 별 재주가 없는 여자애가 벌어야 얼마나 벌겠소? 잠시도 쉬지 않고 종일 일해봤자 하루에 15코페이카도 못 벌어요. 어린 이복동생들은 배를 곯고 있고……. 어떻게 해야겠소? 계모는 '이 밥벌레야, 거저먹고 마시면서 놀고만 있는 거냐!'라고 욕을 해대고……. 그 사람 말대로 먹고 마실 거나 있었다면……. 어린것들이 사흘씩이나 빵 껍질조차 구경 못 했는데…… 나는 그때 누워 있었소……. 아니, 숨길 게 뭐 있나……. 술에 취해 그냥 뻗어 있었던 거지. 소냐가 하는 말이 들립디다.

'그럼, 어머니, 제가 정말 그런 짓을 하러 가야 하나요?' 다리야 프란초브나인지 뭔지, 벌써 경찰서 신세도 여러 번 진 못된 여자가 벌써 여주인을 통해 서너 번 우리 쪽 의사를 물어본 적이 있던 모양이오. '뭐, 그게 어때서?'라고 카체리나가 코웃음을 치더군. '아낄 게 뭐 있어? 그게 뭐 보물도 아니고.' 이보시오, 젊은 양반. 내 마누라를 비난하지 말아요, 제발 그러지 말아요. 제정신으로 한 말이 아니었소. 그 사람은 흥분해 있는 데다 병에 걸려 있고, 게다가 아이들이 배고파 울고 있었으니까 그냥 모욕을 주려고 한 말이라오. 원래 그런 성격이니까.

그런데 5시쯤 지나자 소냐가 머릿수건을 두르고 외투를 입은 후 밖에 나갔다가 8시쯤 돌아왔소. 그러더니 아무 말 없이 카체리나 앞에 30루블을 내놓았소. 그러고는 숄을 집어 들고 머리와 얼굴을 다 가리더니 벽 쪽으로 몸을 돌린 채 침대에 누웠소. 가냘픈 어깨랑 온몸이 바들바들 떨리고 있었지……. 그래도 나는 그냥 그 자리에 누워 있었소. 이봐요, 젊은 양반, 나는 그때 본 거요. 카체리나 이바노브나가 아무 말 없이 소냐의 침대로 다가가서 그 애의 발에 입을 맞춘 채 오랫동안 꿇어앉아 있는 걸. 그러다가 두 사람은 한데 부둥켜안고 잠이 들었다오. 그렇소……. 둘이…… 그렇게……. 그런데도 나는 술에 취해 퍼질러 누워 있었던 거요."

그의 말에 의하면 그 후 그의 딸 소냐는 남들의 밀고로 노란 딱지를 받을 수밖에 없게 되었고 가족들과 떨어져 혼자 지낼 수밖에 없게 되었다. 그녀는 재봉사의 집에 방 한 칸을 빌려 지내면서 어둑어둑해질 무렵 집에 들러서 계모의 일을 거들어주기도 했고 돈을 보태주기도 했다.

"하지만 나도 가만히 있었던 것은 아니라오."

술집에는 한 떼의 손님들이 몰려 들어왔고 그의 이야기에 귀를 기울이고 있던 주인과 종업원들은 손님들 접대에 정신이 없었다.

마르멜라도프는 자기가 다시 일자리를 얻었던 이야기를 했다. 소냐와 카체리나가 한데 부둥켜안고 잠을 잔 다음 날 그는 전부터 알고 지내던 이반 아파나시예비치라는 고위직 공무원을 찾아가 통사정을 했다. 다행히 이반 아파나시예비치는 그를 불쌍히 여겨 일자리를 마련해주었다. 약 다섯 주 전의 일이었다. 아내에게 그 사실을 알리자, 그의 표현대로 그는 천국에 간 기분을 느낄 수 있었다. 욕이나 얻어먹고 다니던 그에게 아내는 11루블이나 들여 멋진 옷을 장만해주고 출근 전에는 커피를 내오고 진짜 크림을 끓여주었다. 첫 출근 날 그가 퇴근했을 때는 수프와, 고추냉이를 곁들인 소고기 소금구이를 저녁으로 준비해놓기도 했다.

그는 엿새 전에 첫 봉급으로 23루블 40코페이카를 받아서 고스란히 아내에게 갖다주었다. 아내는 그의 뺨을 살짝 꼬집으며 '우리 귀염둥이'라고 말했다.

하지만 그뿐이었다. 그 길로 그는 다시 술독에 빠졌다. 선술집에서 술을 마시고 건초 운반선에서 닷새를 보낸 것이다. 그의 말이 한없이 길어지자 라스콜리니코프는 혼란스러웠다. 이 더러운 선술집, 건초 운반선에서 보낸 닷새, 그리고 눈앞에 놓여 있는 비어 있는 보드카 세 병, 동시에 가족들에 대해서 그가 보이고 있는 병적인 애정을 어떻게 이해해야 할지 갈피를 잡을 수 없었다.

마르멜라도프가 계속 말했다.

"선생, 선생은 내 이야기를 웃음거리로 여길지도 모르오, 다들 그럴 테니까. 구질구질한 남의 집안 사정을 듣고 있자니 마음도 불편할 것이고……. 아아, 하지만 웃을 일이 아니요. 내게는 정말 사무치는 이야기이니까……. 나는 내 일생에서 천국과도 같았던 그 하루 낮과 밤을 하늘을 나는 것 같은 꿈속에서 지냈소. 그러니까 이런 꿈이요. 그래, 아이들에게 옷다운 옷을 입히고 아내도 편하게 해주자……. 하나뿐인 내 딸을 그 치욕의 구렁텅이에서 구해내자……. 그리고 많은 상상의 나래들…….

그런데 그런 꿈을 꾸었던 바로 그날 밤, 나는 아내가 감추어 두었던 상자 열쇠를 찾아내어 남은 봉급을 몽땅 빼낸 거요. 그게 바로 닷새 전이었소. 직장도 끝이고 제복은 다른 술집에 잡혀먹었고 대신 이 옷을 얻어 입고 왔소. 모든 게 끝장난 거지!"

그는 잠시 말이 없더니 라스콜리니코프를 빤히 쳐다보며 다시 입을 열었다.

"그리고 오늘 소냐에게 다녀왔지. 해장 술값이라도 뜯어내려고……. 천사 같은 그 아이는 갖고 있던 돈을 탈탈 털어 30코페이카를 내게 주더군……. 그 애는 아무 말 없이 나를 그저 바라보고만 있었소……. 이 세상이 아니라 저세상에서나 있을 법한 일이지……. 거기서는 사람들에 대해 슬퍼하고 눈물을 흘릴 뿐 비난하지 않아요. 그래, 절대로 비난하지 않지! 하지만 그게 더 괴롭소. 비난하지 않는 게 더 괴롭단 말이요! 나는 그 애에게서 정말로 그 애에게 필요한 돈을 뜯어냈는데……. 도대체 누가 나 같은 놈을 불쌍히 여기겠소? 선생, 선생이 보기에 내가 불쌍하오? 어디 말해보시오. 내가 불쌍하오?"

그는 술을 더 따르려 했지만 술병은 모두 비어 있었다.

"왜 너를 불쌍하게 여겨야 하지?" 어느새 옆에 와 있던 술집

주인이 소리쳤다. 그러자 종업원들과 다른 손님들이 왁자지껄 웃으면서 그에게 욕을 해댔다.

그는 기진한 듯 중얼거렸다.

"그래, 전능하신 그분은 소냐를 용서해주실 거야. 나는 그분이 소냐를 용서해주시리라 믿어. 저번에 그 애에게 갔을 때 나는 그걸 마음으로 느꼈어. 그래 그분께서는 모두 다 심판하시고 용서하실 거야. 다 끝내신 후에 '너희들, 주정뱅이들, 겁쟁이들, 염치없는 자들도 나오너라!'라고 말씀하실 거야. 우리도 뻔뻔스럽게 모두 나서겠지. 그분은 계속 말씀하실 거야. '너희들은 짐승의 상을 하고 있고 그 낙인이 찍힌 돼지들이다. 하지만 너희들도 내 앞으로 오거라'라고. 그러면 지혜 있는 자들, 분별 있는 자들이 그분께 말하겠지. '주여, 어찌하여 이런 자들을 받아들이시는 것이옵니까?' 그러면 그분이 말씀하실 거야. '지혜 있는 자들이여, 분별 있는 자들이여, 내가 이들을 받아들이는 것은 이들 누구도 내게 받아들여질 자격이 있다고 생각하지 않기 때문이도다.' 그렇게 말씀하시면서 우리에게 두 손을 내미실 것이고 우리는…… 우리는…… 땅에 엎어져…… 울기 시작할 것이고…… 그분은…… 그때 모든 것을 깨닫게 될 것이다……. 카체리나 이바노브나도…… 집사람도 깨닫게 될 것이다……. 오, 주여……. 주의 왕국이여, 임하옵소서…….”

그는 기진해서 탁자에 얼굴을 박았다. 그의 말에 감명을 받았는지 술집 안에 잠시 침묵이 감돌았다. 그러나 그것도 잠깐, 곧 이어 왁자지껄 웃음과 욕설이 난무했다.

“대단하시군그래!”

“기절초풍할 노릇이군!”

“과연 관리다워!” 등등.

“갑시다, 선생.” 갑자기 마르멜라도프가 고개를 들더니 라스콜리니코프를 보고 말했다. “나랑 같이 가주시오. 코젤의 집이라오.”

라스콜리니코프는 어서 이곳에서 나가고 싶었고, 그를 도와줘야겠다고 생각하던 참이었다. 마르멜라도프는 다리에 맥이 풀려 있어서 젊은이에게 거의 매달리다시피 했다.

그는 불안한 듯 중얼거렸다.

“내가 겁내는 건 카체리나 이바노브나가 아니야……. 내 머리털을 잡아 뽑겠지……. 그깟 머리털……! 아무려면 어때……! 차라리 머리털을 잡아 뽑히는 게 낫지……. 난, 난, 그녀의 눈이 무서워……. 뺨의 붉은 반점도…… 그녀의 숨소리도……. 선생, 병에 걸린 사람의 숨소리를 들어본 적 있소? 흥분했을 때의 숨소리를……? 선생, 나는 맞는 게 낫소. 그러면 그녀의 마음이 좀 가라앉겠지. 아, 집에 왔군. 코젤의 집이오. 자물쇠 장사하는 돈 많은 독일인……. 자, 나 좀 데리고 올라가 주구려."

그들은 뒷마당으로 해서 4층으로 올라갔다. 계단은 어두웠다. 그럭저럭 11시가 다 되어 있었다. 맨 위에 이르자 시커멓게 그을린 조그만 문이 열려 있었고 방 안이 훤히 들여다보였다. 온갖 잡동사니가 너저분하게 널려 있는 그 방은 정식 방이라기보다는 통로 방이었다. 방이라고 하기보다는 차라리 새장이라고 하는 게 옳을 정도였다.

라스콜리니코프는 단번에 카체리나 이바노브나를 알아볼 수 있었다. 다소 큰 키에 몸매가 날씬하고 우아하게 생긴 여인이었다. 그녀는 무서울 정도로 야위어 있었으며 흑갈색 머리칼에 얼굴에는 붉은 반점이 나 있어서 그녀가 병을 앓고 있음을 단번에 알 수 있었다. 서른 살쯤 된 것 같았고, 어디로 보나 마르멜라도프의 배필로는 과분해 보였다.

날카로운 시선으로 방 안을 왔다 갔다 하고 있던 그녀는, 그들이 방 안으로 들어갔는데도 그 기척을 눈치채지 못했다. 정신이 멍한 상태인 것 같았고, 아무것도 보이지도 들리지도 않는 것 같았다. 방 안은 숨이 막힐 지경이었지만 그녀는 창문을 열지도 않았다. 여섯 살쯤 되어 보이는 계집아이가 머리를 소파에 기댄 채 마룻바닥에 누워 잠들어 있었고, 한 살 위인 사내아이는 구석에서 바들바들 떨며 울고 있었다. 아홉 살 정도 되어 보이는 성냥개비처럼 깡마른 맏딸은 동생의 목을 끌어안고 달래고 있었다.

마르멜라도프는 라스콜리니코프를 먼저 방 안으로 떠다밀었다. 낯선 사람의 모습에 의아한 표정을 짓던 카체리나의 눈에 무릎을 꿇고 있는 마르멜라도프의 모습이 들어왔다. 그녀는 미친 듯 소리치기 시작했다.

"아이고, 이제 돌아왔구나! 이 악당! 이 죽일 인간! 이 범죄자……! 돈은 어디 있어? 주머니에 있는 거 다 내놔봐! 아니, 옷이 이게 뭐야! 옷을 어쩐 거야! 돈은 어쨌어! 어서 말해보라니까!"

그녀는 그에게 달려들어 샅샅이 뒤지기 시작했다. 마르멜라도프는 얌전히 두 팔을 들어 올렸다. 하지만 돈이 나올 리가 없었다.

"아아, 정말 다 마셔버렸어……! 상자에 은화 12루블이 그대로 남아 있었는데……."

화가 머리끝까지 난 그녀는 그의 머리칼을 움켜쥐고 방 안으로 질질 끌고 갔다. 마르멜라도프는 질질 끌려가면서 외쳤다.

"이러는 게 더 마음이 편해! 아픈 게 아니라 즐겁다니까……. 진짜 마음이 펴-언-하-다-니-까, 서-언-생!"

잠들어 있던 계집아이가 깨어 울기 시작했고, 울먹이던 사내아이도 울음을 터뜨렸다. 이어서 카체리나가 마르멜라도프에게 악을 쓰는 소리가 들렸다.

라스콜리니코프는 슬그머니 그 집 문밖으로 빠져나왔다. 문앞에는 이미 구경꾼들이 모여 있었다. 라스콜리니코프는 자신도 모르게 주머니에 손을 넣고 술집에서 1루블을 내고 거슬러 받은 동전들을 창턱에 슬며시 올려놓았다. 그는 계단을 내려가면서 이내 생각이 달라져 돈을 가지러 되돌아가려고도 했다.

'내가 무슨 바보 같은 짓을 한 거야? 내게 정말 필요한 돈인데……. 그 집에는 소냐가 있잖아…….'

하지만 그는 다시 생각했다.

'아니야, 소냐도 돈이 필요하고 그들에게 줄 돈이 땡전 한 푼 없을 수도 있어. 그러면 그 가족은 당장 쫄쫄 굶을 거고. 그냥 놔두자. 오, 소냐! 저 사람들은 도대체 그녀에게 무슨 우물을 파놓은 거야. 그러고는 그걸 이용해먹는 거야! 아주 제대로 이용해먹고 있지! 도대체 어떻게 그런 짓을! 처음에는 눈물을 좀 흘리더니 이제 익숙해진 거야. 인간이란 무엇에든 곧 익숙해지는 법이니까. 인간이란 비열한 거야.'

그는 생각에 잠겼다. 그리고 자신도 모르게 알아듣기 힘든 말을 외쳤다.

"내가 잘못 생각한 거라면! 인간, 즉 일반적인 인간이 실제로 비열한 존재가 아니라면! 다시 말해 인류 전체가 비열한 것이 아니라면! 그렇다면 나머지는 모두 편견이고 단순히 꾸며낸 공포에 지나지 않는 것이며 어떤 장애물도 없는 셈이다. 그리고 마땅히 그래야만 한다!"

제3장

　라스콜리니코프는 다음 날 늦게 잠에서 깨어났다. 잠에서 깬 그는 짜증스럽게 주변을 둘러보았다. 정말 방이라기보다는 광이라고 하는 게 딱 어울리는 방이었다. 길이가 겨우 대여섯 걸음 될까 할 정도로 좁았고, 천장도 너무 낮아 머리를 찧을 것만 같았다. 가구들도 그 방에 딱 어울리는 것들뿐이었다. 곧 주저앉아버릴 듯 낡은 의자 세 개, 몇 권의 책과 공책이 놓여 있는 한구석의 먼지 쌓인 테이블, 방의 절반을 차지하고 있는 꼴사나운 커다란 소파가 전부였다. 그 소파가 그의 침대였다. 그는 그 소파에서 낡은 학생용 외투를 덮고 잠을 잤다.

　이보다 더 너저분하기도 힘든 일이었다. 하지만 그것이 지금의 라스콜리니코프의 정신 상태에는 딱 맞았다. 그는 마치 거북이가 딱지 안으로 움츠러들듯 모든 사람들을 철저히 피하고 있었다. 심지어 시중을 들기 위해 가끔씩 얼굴을 내미는 하녀의 모습만 보아도 짜증이 일었다.

하숙집 여주인은 벌써 2주째 그에게 식사를 제공하지 않고 있었다. 하지만 그는 굶을지언정 그녀에게 사정하겠다는 마음은 추호도 품지 않았다. 하녀이자 부엌일까지 맡고 있는 나스타시야는 그런 그가 오히려 반가웠다. 그녀는 아예 그의 방을 정돈하거나 청소하지 않았고 일주일에 한 번씩 빗자루를 드는 둥 마는 둥 하는 게 고작이었다. 그런 그녀가 그날 그를 깨운 것이다.

"일어나요, 왜 이렇게 잠만 자는 거예요? 차를 가져왔는데 좀 마실래요?"

라스콜리니코프는 주머니를 뒤져 동전을 꺼내더니 그녀에게 빵과 소시지를 좀 사다 달라고 했다. 그러자 그녀가 어제 만든 수프 중 그의 몫을 주인 몰래 따로 챙겨두었다며 갖다주었다. 그녀가 가져온 수프를 그가 먹기 시작하자 그녀는 옆에 앉아 수다를 떨기 시작했다.

"그런데 왜 이렇게 아무것도 안 하고 퍼질러 누워 있는 거예요? 전에는 아이들을 가르친다고 나가기도 했잖아요? 왜 아무

일도 안 해요?"

"나도 일하고 있어."

"무슨 일이요?"

"생각하는 일."

나스타시야는 쾌활하게 웃기 시작했다.

"아니, 생각한다고 뭐, 돈이 쏟아져 들어오나요?"

"구두가 없어서 아이들 가르치러 나갈 수도 없어. 그리고 그 일은 이제 지겨워. 몇 푼이나 번다고."

"그럼 단번에 한밑천 잡겠다는 거예요?"

"그래, 한밑천 잡는 거지."

"참, 깜빡했네. 어제 편지가 왔어요."

"편지? 나한테?"

나스타시야는 밖으로 나가더니 잠시 후 편지를 가져왔다. R 지방에 살고 있는 어머니에게서 온 편지였다. 그는 편지를 뜯었다. 큰 편지지 두 장에 깨알 같은 글씨가 빼곡하게 적혀 있는 장문의 편지였다.

　사랑하는 아들 로쟈에게

　너하고 편지를 나눈 지도 벌써 두 달이나 되었구나. 지난

번 네 편지를 받고 어쩌나 마음이 아픈지 밤에 잠도 잘
자지 못했단다. 네가 학비를 낼 방도가 없어서 몇 달 전
에 학교를 그만둘 수밖에 없었고 가정교사 자리와 다른
일자리도 잃었다는 소식을 들었을 때 내 마음이 어땠겠
니! 1년에 120루블밖에 안 되는 연금으로 내가 네게 무
슨 도움을 줄 수 있겠니? 넉 달 전에 네게 보낸 15루블도
그 연금을 담보로 빌린 거란다.

하지만 이제 우리도 운이 트여 네게 돈을 보낼 수 있을
것 같아서 어서 빨리 네게 이 소식을 전하려고 편지를 하
는 거란다.

사랑하는 로쟈야, 벌써 한 달 반 전부터 네 동생 두냐가
나랑 함께 살고 있단다. 가정교사 일을 그만둔 거지. 로쟈
야, 나나 두냐나 너를 정말 사랑한다는 거, 잘 알고 있지?
자, 어떻게 그 애가 가정교사 일을 그만두고 집으로 오게
되었는지 차근차근 이야기해주마.

두네치카가 작년부터 스비드리가일로프 씨 집에 가정
교사로 들어간 건 잘 알고 있지? 그런데 실은 네가 모르
는 게 있단다. 매달 월급에서 제한다는 조건으로 미리
100루블을 받은 거야. 작년에 네게 60루블을 보낼 수 있

었던 건 그 덕분이야. 그러니 그 돈을 다 갚을 때까지는 그 집에 묶여 있었던 거란다. 하지만 그럭저럭 지낼 만 했어. 스비드리가일로프 씨의 부인인 마르파 페트로브나 를 비롯해 모든 식구들이 다들 친절하고 점잖게 대해주 었으니까.

그런데 그 미치광이 스비드리가일로프가 두냐에게 엉뚱 한 마음을 품은 거야. 그리고 두냐에게 온갖 감언이설로 추잡한 제안을 한 거야. 심지어 모든 걸 다 버리고 둘이 외국이든 어디든 멀리 도망가자고까지 했다는구나.

두냐는 당장에라도 그 집에서 나오고 싶었지만 그럴 수 없었단다. 빚 때문이기도 했지만 자기에게 잘해준 마르 파 페트로브나 생각을 해서라도 그럴 수가 없었던 거야. 생각해보렴. 두냐가 갑자기 그만두면 그 여자가 의심을 품을 테고 그러면 가정불화가 일어날 게 뻔했거든. 마음 씨 착한 두냐라서 그런 걱정을 한 거란다. 게다가 사람들 이 두냐를 두고 이러쿵저러쿵 말도 많을 거 아니니? 그래 서 두냐는 그런 끔찍한 상황을 여섯 주 동안이나 참고 견 디며 지냈던 거야.

그런데 뜻하지 않은 일이 벌어지고 말았단다. 스비드리

제3장

39

가일로프 씨가 마당에서 두냐에게 치근대며 하는 말을 그의 부인이 우연히 엿듣고 만 거야. 그 여자는 모든 것을 곡해하고 모두 두냐의 탓으로 돌렸어. 두냐를 죄인으로 만들어버린 거란다. 심지어 두냐를 때리기까지 하면서 아무 말도 들으려고 하지 않았단다. 그 여자는 당장 두냐를 내쫓았어. 비가 오고 있었지. 두냐는 17킬로미터나 되는 먼 길을 덮개도 없는 짐마차를 타고 비를 맞으며 돌아와야만 했어.

사랑하는 로쟈야, 한번 생각해보렴. 두 달 전에 네 편지를 받고 내가 어떻게 네게 편지를 할 수 있었겠니? 네가 얼마나 가슴 아파할까 하는 생각에 사실대로 써 보낼 수가 없었던 거야. 또 네 성격에 무슨 일을 저지를지도 모를 일이었고.

그 후 한 달 내내 두냐는 말도 못할 수모를 겪었단다. 사람들은 의심과 경멸의 눈초리로 두냐를 바라보았고, 쉴 새 없이 쑥덕거렸어. 심지어 교회도 갈 수 없는 형편이었고 집 대문에 타르 칠을 한 사람들도 있었어. 집주인은 집을 비워달라고 성화였고.

이 모든 게 마르파 페트로브나 때문이었단다. 그 여자가 집집마다 찾아다니며 두냐가 얼마나 못된 앤지, 온갖 이야기를 다 꾸며서 비방하고 모함하고 다녔던 거야. 마침내 나는 덜컥 병에 걸렸지만 두냐는 꿋꿋하게 견뎌냈단다. 그 애가 그 모든 걸 이겨내면서 오히려 나를 격려하고 위로해주던 모습을 네가 보았더라면! 그 애는 정말 천사야.

그런데 하느님의 도움으로 우리의 고통이 곧 끝이 났단다. 스비드리가일로프 씨가 자신의 잘못을 뉘우치게 된 거야. 아마 두냐에게 미안해서 견딜 수 없었던 것 같아. 그 사람은 두냐의 결백을 증명해줄 명백한 증거를 자기 아내에게 보여주었어. 그건 그의 끈질긴 요구를 거절하기 위해 마지못해 두냐가 그에게 써 보낸 편지였어.

그 편지에서 두냐는 스비드리가일로프 씨를 준엄하게 책망했단다. 부인에 대해 이 얼마나 못할 짓을 하는 거냐, 한 가정의 아버지이자 지아비로서 그럴 수 있느냐, 더욱이 그러지 않아도 비참하고 의지할 곳 없는 처녀를 이렇게 괴롭힌다는 게 얼마나 비열한 짓이냐고 분명하게 묻고 있었단다. 나중에 내가 그 편지를 읽어보게 되었는데, 얼마나 감동적이었는지 나는 읽으면서 그만 울어버리고 말았단다.

그 집 하인들도 나서서 두냐를 변호해주는 증언들을 해주었어. 하인들은 언제나 주인이 생각하고 있는 것보다는 훨씬 더 많은 걸 보고 아는 법 아니겠니? 마르파 페트로브나는 큰 충격을 받았단다. 그 여자가 우리에게 말했듯 다시 한번 '죽고 싶을 만큼 충격을 받았지만' 그 여자는 원래 고결한 성품이었어. 그 여자는 그 길로 성당으로 가서 성모님께 이 시련을 이겨낼 힘을 주십사 기도드린 후 우리에게 왔단다. 그리고 두냐를 껴안고 진정으로 잘못했다고 용서를 빈 후, 시내 집들을 일일이 찾아다니며 두냐는 결백하다고 말하고 두냐가 얼마나 고결한 마음씨를 지녔는지 극구 칭찬했단다. 그 편지를 가지고 다니며 일일이 보여주고 읽어주면서 말이다. 두냐는 명예를 완전히 회복했을 뿐 아니라 사람들의 칭송을 한 몸에 받게 되었지.

그런데 그 일로 두냐가 청혼을 받게 되었단다. 그리고 내가 정작 네게 전해주고 싶은 건 바로 그 일이야. 자, 자초지종을 이야기해주마.

신랑감은 벌써 7등 문관에 오른 사람이야. 표트르 페트로비치 루쥔이라는 사람인데, 마르파 페트로브나의 먼 친척이기도 해. 그 사람이 마르파 페트로브나를 통해 우리를 만나고 싶다는 전갈을 보내왔기에 기꺼이 초대를 해서 커피를 대접했단다. 그랬더니 바로 그다음 날로 정중하게 청혼하는 편지를 보낸 거야. 그리고 빨리 회답을 해달라는 게 아니겠니? 바쁜 일로 곧 페테르부르크로 가야하니, 한시가 급하다는 거였어.

당연히 우리는 당황했단다. 너무나 갑작스럽고 뜻밖의 일이었으니까 말이다. 나랑 두냐는 온종일 생각하고 또 생각했단다. 믿을 만한 사람인 데다 상당한 재산도 있다더구나. 나이가 좀 많은 게 걸리긴 했어. 지금 마흔다섯 살이거든. 하지만 아직 외모가 그럴듯해서 여자들 호감을 살 만하고 아주 예의도 바른 사람이야. 조금 무뚝뚝하고 건방진 것 같기도 하지만 그냥 첫인상일 수도 있잖아. 두냐도 그 사람이 똑똑하고 선량해 보인다고 하더라. 로쟈야, 네가 잘 알겠지만 네 누이동생은 사려 깊고 참을성이 많으면서도 마음은 뜨거운 아이 아니니?

물론 이번 혼담에서 그쪽이건 두냐 쪽이건 대단한 애정 같은 건 없어. 하지만 두냐는 현명한 데다 천사 같은 마음씨를 지녔으니까 남편을 행복하게 하는 걸 자신의 의무로 삼을 거야. 그러면 남편도 그 애의 행복을 위해 마음을 쓸 것 아니겠니? 사실 혼담이 너무 빨리 진행되긴 했지만 두냐가 행복하리라는 건 의심할 여지가 없어.

하긴 성격상의 약간의 결함이나 약간의 의견 차이가 있을 수 있겠지. 하지만 아무리 행복한 부부라도 그건 피할 수 없는 것 아니겠니? 두냐는 그런 건 아무 문제 없고, 앞으로 둘이 서로의 명예를 존중하고 둘의 관계가 공정하기만 하다면 모든 것을 참아낼 준비가 되어 있다고 말했단다.

정직하게 말하자면 처음에는 그 사람이 좀 무뚝뚝해 보여서 놀랐던 것도 사실이야. 하지만 너무 고지식한 사람이라서 그럴 거야. 그가 두냐의 방문 허락을 받고 두 번째 찾아왔을 때였어. 이런저런 얘기 끝에 그는 두냐를 알기 전부터 평판이 좋으면서 지참금도 없고 가난을 겪은 여자와 결혼할 생각이었다고 말하더구나. 남자란 부인에게 어떤 신세도 지면 안 되고 아내가 남편을 은인으로 여기게 만드는 게 훨씬 좋을 일이라면서 말이다.

나는 아무래도 그의 말이 좀 냉혹해 보여서 두냐에게 내 생각을 말했단다. 그랬더니 두냐는 "말이 곧 행동은 아니잖아요"라고 대답하더구나. 그날 두냐는 밤새 잠을 이루지 못하더니 이튿날 아침에 내게 마음을 정했다고 말하더구나.

그 사람은 지금 페테르부르크로 떠날 준비를 하고 있어. 그곳에 지금 진행 중인 중요한 소송건들이 있어서 그곳에 법률사무소를 열려고 해. 그리고 로쟈, 네게 분명히 말하지만 그는 앞으로 네게 큰 도움이 될 사람이야. 나는 주님이 가져다주신 행운이라고 믿으며 기도하고 있고 두냐도 그것만을 꿈꾸고 있어.

사실은 슬쩍 그 사람에게 운을 떼어보기도 했단다. 그랬더니 아주 신중한 말투로 자기에게도 물론 비서가 필요하다, 생판 모르는 남보다는 친척에게 봉급을 주는 게 낫다고 말하더구나. 다만 "당사자가 그 일에 적합하기만 하다면"이라고 덧붙였지만 너 같은 애가 그 일을 못 해내겠니? 더욱이 네가 법대에 다니고 있으니 정말 잘된 일 아니니? 두냐는 이미 마음속으로 모든 계획을 세우고 네 앞날을 그리고 있나봐.

하지만 나도, 두냐도 네가 학업을 계속할 수 있도록 금전

적인 도움을 달라는 이야기는 아직 한마디도 하지 않았
어. 나중에 저절로 그렇게 될 거고, 그 사람이 먼저 네게
제안을 하게 될걸. 그 사람이 두네치카의 그 정도 부탁을
어떻게 안 들어주겠니? 더구나 네가 그 사람 사무실에서
든든한 오른팔이 되어줄 수 있는데. 어쨌든 그 사람은 너
를 보고 모든 것을 판단하겠다고 말했어.

로쟈야, 나는 두냐가 결혼한 후에도 지금처럼 나 혼자 살
작정이야. 아마 그 사람은 함께 모시고 살겠다고 하겠지.
하지만 거절할 거야. 사위에게 장모란 귀찮은 존재거든.
나도 좀 자유롭게 살고 싶고…… 물론 가능한 한 너희들
가까이서 살고 싶기는 해.

그런데 로쟈야, 사실은 맨 뒤에 쓰려고 아껴둔 가장 기쁜
소식이 있단다. 아마 우리 세 사람은 곧 만나서 반갑게
부둥켜안게 될 거야. 우리가 떨어져 지낸 지도 근 3년이
되었지? 나와 두냐가 페테르부르크로 가는 건 확실하게
결정된 일이야. 언제가 될지는 아직 확실하지 않지만, 가
능한 한 빨리 갈 거고, 어쩌면 일주일 안이 될 수도 있어.
모든 건 그 사람에게 달렸어. 그 사람이 먼저 페테르부르
크로 가서 상황을 살펴보고 소식을 보내기로 했거든.

그 사람은 이런저런 이유로 결혼을 서두르려 한단다. 가능하다면 이번 사순절 기간에, 늦어도 성모마리아 승천제가 지난 후에 바로 하자는 거야. 아아, 너를 만날 생각을 하면 벌써 설레는구나. 두냐도 얼마나 들떠 있는데…… . 한번은 농담으로 너를 만나기 위해서라도 결혼을 해야겠다고 말하더구나.

우리는 조만간 만나게 되겠지만 그래도 며칠 내로 가능한 한 많은 돈을 보내주도록 할게. 두네치카가 표트르 페트로비치와 결혼한다는 것이 알려져서 내 신용등급이 높아졌어. 연금을 담보로 75루블까지는 빌릴 수 있을 거야. 그러면 네게 25루블이나 30루블은 보낼 수 있을 거야. 더많이 보내고 싶지만 여행 경비로 쓸 돈이 필요해서…… . 하긴 기차역까지 달구지를 타고 가면 여비도 절약될 거야. 90킬로미터 정도밖에 안 되니까. 거기서부터는 두네치카와 3등 열차를 타고 편하게 갈 작정이란다. 이렇게저렇게 절약을 하면 네게 25루블이 아니라 30루블을 보낼 수도 있을 거야.

이제 그만 써야겠다. 편지지 두 장을 가득 채워서 더는 쓸곳도 없구나. 로쟈야, 두냐를 사랑해다오. 그 애가 자기 자신보다 너를 더 사랑한다는 걸 알아다오. 그 애는 천사야. 그리고 너는 우리의 전부란다. 우리의 모든 희망이고 기대란다. 너만 행복하다면 우리는 모두 행복한 거야. 그럼 내 소중한 로쟈야, 곧 만날 날을 고대하며 포옹과 축복을 보낸다. 곧 다시 만나자꾸나.

언제까지 변함없이 너를 사랑하는 어미로부터

편지 첫 줄을 읽기 시작하면서부터 라스콜리니코프의 얼굴은 이내 눈물에 젖었다. 그러나 편지를 다 읽고 난 후 그의 얼굴은 창백해졌다. 그리고 그의 입술에는 뒤틀리고 쓰디쓴, 그러면서 동시에 격노와 악의에 차 있는 미소가 떠올랐다.

그는 오랫동안 생각에 잠겨 있었다. 갑자기 이 좁은 방이 답답해서 숨이 막힐 것 같았다. 그는 모자를 움켜쥐고 밖으로 뛰쳐나왔다. 그는 행선지도 정하지 않은 채 뭐라고 중얼중얼하며 길을 걸었다. 그 모습을 보고 놀란 행인들은 그가 술에 취했다고 생각했다.

제4장

어머니의 편지 때문에 그는 괴로웠다. 하지만 편지의 핵심적인 내용에 관해서는 단 한순간도, 심지어 편지를 읽고 있을 때도 한 치의 망설임 없이 마음속에 이미 결정이 나 있었다.

'내 눈에 흙이 들어가기 전엔 어림도 없다! 루쥔이라고? 지옥에나 가라!'

그는 생각했다.

'흥, 뻔한 일이지. 안 돼요, 어머니! 안 돼, 두냐! 날 속이면 안 되지. 내 의견도 묻지 않고, 나를 빼놓은 채 결정한 걸 사과하겠다고? 이제 모든 게 결정되었고 깨질 수 없다고 생각하는 모양인데, 어디 두고 보라지. 안 돼, 두냐. 내게는 모든 게 훤히 보여. 네가 내게 할 말이 많다고 했지? 무슨 말인지 내가 다 알고 있어. 네가 무슨 생각하는지도 다 알고 있어.

그래 모든 게 다 결정됐단 말이지? 두냐, 네가 유능한 사람과 결혼하겠다 이거지? 재산도 있고, 일자리도 든든한 사람과 결혼하겠다 이거지? 선량해 *보이*는 사람에게 시집을 가겠다 이거지? 이 '보인다'라는 걸로 만사형통이로군. 두냐는 이 '보인다'와 결혼하려는 것이로군. 대단해, 정말 대단한 일이야! 그날 어머니와 두냐가 나누었을 이야기도 뻔해. 서로 속마음을 감추려고 무척 애를 썼겠지. 어머니는 그자가 좀 차가워 보인다고 말했을 것이고 두냐는 짜증을 내면서 아니라고 대답했겠지. 게다가 어머니는 '두냐를 사랑해다오. 그 애는 자기보다 너를 더 사랑한단다'라고 쓰셨어. 왜 그랬을까? 아들을 위해서 딸을 희생하는 데 대해 양심의 가책을 느끼신 거야. 아아, 어머니, '너'는 우리의 전부라고요? '너'는 우리의 희망이라고요?'

그의 분노가 점점 더 커졌다. 만일 지금 루쥔이 눈앞에 있다면 당장 죽여버릴 것 같았다.

그는 머릿속에서 소용돌이치고 있는 상념들을 쫓으면서 계속 생각했다.

'선량해 보인다고? 정말 선량하군. 약혼녀와 미래 장모를 거적을 덮은 달구지에 태워 보내? 안 봐도 뻔한 사실 아니야? 어머니가 연금을 잡혀서 여비를 장만한 걸 빤히 알고 있었을 텐데 모른 척해? 정말 계산적인 사람 아닌가? 하지만 문제는 그가 인색하다는 데 있지 않아. 그가 보이는 '투'가 문제야. 결혼 후에도 계속 그런 '투'로 척하며 살 거란 말이지.

그런데 어머니는 왜 그렇게 무리해서 페테르부르크로 오신다는 거지? 앞으로 이곳에서 어떻게 살아가시겠다는 거지? 연금 120루블? 그것도 모두 빚 갚는 데 쓸 수밖에 없잖아. 잘 안 보이는 그 눈으로 목도리를 뜨고 소맷부리에 수를 놓아서 버는 돈이라야 1년에 20루블도 안 되잖아. 그렇다면 결국 루쥔의 그 고상한 마음씨에 기대고 있다는 거로군. 그런 놈에게 기대를 거시다니!

좋아, 어머니는 그렇다 치자. 원래 그런 분이니까. 하지만 두냐, 넌 도대체 왜 그러는 거니? 난 너를 잘 알고 있어. 내가 너를 마지막으로 보았을 때 너는 스무 살이었어. 난 그때 이미 네 성격을 다 알 수 있었어. 그래, 어머니 말씀대로 너는 아주 참을성이 많아. 스비드리가일로프 씨 일도 다 참아냈잖아. 그래서 루쥔도 참아내는 거니? 너라면 빤히 어떤 사람인지 알았을 텐데……. 게다가, 함께 살아가야 할 사람 아니니?

아니야, 그 애는 빵을 위해 영혼을 팔 애가 아니야. 정신의 자유를 안락한 삶과 바꿀 애가 아니야. 설사 루쥔이 온몸이 순금이나 다이아몬드로 된 인간이라 할지라도 존중하지 않는 사람과 영원히 짝이 될 바에는 차라리 식민지 농장주 노예가 되는 길을 택할 애야.

그렇다면? 답은 뻔해. 자신을 위해서라면 그런 짓을 절대 안 하겠지만 그 애가 사랑하는 사람, 그 애가 존중하는 다른 사람을 위해 영혼과 자유를 판 거야! 그래! 어머니와 오빠를 위해! 그리고 이번 일의 중심에 로지온 로마노비치 라스콜리니코프가 있는 거야. 어머니는 장남을 위해 딸의 희생시킨 거고!

하지만 결과는? 두냐는 결국 나중에 후회하게 될 거고, 슬픔과 비탄에 젖어 눈물을 흘리게 될 거야. 어머니는? 지금도 저렇게 괴로워하시는데 나중에 상황을 정확히 알게 되면 오죽하실까? 그리고 나는? 어머니, 난 싫습니다! 두냐, 난 싫어! 난 두 사람의 희생을 결코 원하지 않아. 그런 일은 있을 수 없어. 절대로 받아들이지 않을 거야.'

온갖 생각에 잠겨 정신없이 길을 가던 그는 갑자기 정신이 들어 걸음을 멈추었다. 그리고 중얼거렸다.

"그런 일은 있을 수 없다고? 그렇다면 그런 일이 없기 위해 내가 뭘 할 수 있단 말인가? 그걸 막아? 무슨 권리로? 그 대신 네가 두 사람에게 뭘 약속해줄 수 있는데? 공부를 *마치고 직장을 얻게 되면* 네 모든 삶, 네 모든 미래를 그들을 위해 바치겠다고? 많이 들어본 이야기지. 하지만 그건 그냥 헛소리일 뿐이야. 지금 당장은? 지금 당장 무언가를 해야 한단 말이야, 알겠어? 그런데 넌 지금 뭘 하고 있는 거냐? 그들에게 기대서 살고 있잖아! 연금에 기대서 빌린 돈을 뜯어내고 있잖아. 스비드리가일로프 집안에서 당한 수모를 대가로 빌린 돈을 뜯어내고 있잖아!"

그는 그렇게 자문하면서 한껏 자신을 학대했다. 그리고 그렇게 자신을 학대하면서 일종의 쾌감을 느꼈다. 하지만 그 질문들은 새로운 것들이 아니었다. 훨씬 오래전부터 고질병인 양 그를 사로잡고 있던 것들이었다. 그러던 차에 갑자기 날아온 어머니의 편지가 마치 벼락처럼 그를 내리친 것이다.

이제 소극적으로 고민만 하고 있을 때가 아니었다. 그 무언가를, 그것도 당장 해야만 했다. 어쨌든 무언가 결단을 내려야만 했다. 만일 그러지 않으면…….

"그러지 않으면, 사는 걸 아예 포기해야지!" 그는 갑자기 미친 듯이 부르짖었다. "주어진 운명을 순순히 받아들여야 해! 행동하고 살고 사랑할 권리를 모두 포기하고, 영원히 짓눌러버려야 해!"

마르멜라도프가 어제 했던 말이 갑자기 그에게 떠올랐다.

"선생, 아무 데도 갈 곳이 없다는 게 무슨 말인지 아시오?"

그는 몸을 부르르 떨었다. 어제 떠올랐던 생각이 그의 머리를 스쳤던 것이다. 그는 그 생각이 다시 그를 찾아오리라는 것을 알고 있었고 예감하고 있었으며 이미 기다리고 있기도 했다. 게다가 그 생각은 어제 갑자기 든 것도 아니었다.

하지만 지금은 어제, 혹은 그 이전과 달랐다. 어제까지만 해도 그 생각은 단순한 꿈에 불과했다. 하지만 지금은…… 지금은…… 그것은 결코 꿈이 아니었다. 지금 그 생각은 위협적인 새로운 모습을 띠고 있었다. 그리고 그 자신도 그것을 또렷이 의식할 수 있었다……. 그는 망치로 머리를 한 대 맞은 것 같았고, 눈앞이 캄캄해졌다.

그는 갑자기 정신이 들었다. 그리고 생각했다.

'그런데 내가 지금 어디로 가고 있는 거지? 이상하네, 분명 어디론가 가려고 집에서 나온 건데……. 편지를 읽자마자 나온 건데……. 그래, 라주미힌에게 가려던 참이었지. 드미트리 프로코비치 라주미힌……. 그래, 어디로 가려던 건지 이제 생각

나……. 그런데 왜 그 친구에게 가려는 생각이 느닷없이 떠오른 거지? 참, 희한하군.'

그는 스스로도 의아했다. 라주미힌은 대학 시절 친구였다. 대학 시절 라스콜리니코프에게는 거의 친구가 없었다. 그는 모두를 멀리했고 아무도 찾아가지 않았으며 자신을 찾아오는 사람을 반가워하지 않았기에, 금세 모두가 그에게서 등을 돌렸다. 그는 어떤 모임에도 나가지 않았으며 오락도 일절 즐기지 않고 오로지 공부만 했다. 그는 몹시 가난했지만 오만했으며 자기만의 그 무언가를 간직하고 있는 것 같았다. 어떤 친구들 눈에는 그가 마치 자기들을 어린아이인 양 내려다보고 있는 듯 보였고, 자신들의 믿음과 관심을 깔보고 있는 듯 느끼기도 했다.

그런데 이상하게도 라주미힌과는 죽이 맞았다. 아니, 죽이 맞았다기보다는 별 허물없이 터놓고 지낼 수 있었다. 하긴 라주미힌과는 그럴 수밖에 없었다. 그는 정말로 쾌활했고 솔직했으며, 단순하리만치 선량한 친구였다. 하지만 그런 단순성 밑에는 깊이와 위엄이 깃들어 있었다.

그의 생김새는 아주 인상적이었다. 큰 키에 홀쭉했으며 검은 머리였고, 수염은 별로 깎는 일이 없었다.

그는 술을 고래처럼 마실 수도 있었지만 한 방울도 입에 대지 않을 수 있었으며 가끔 지나친 장난을 할 수도 있었지만 전혀 하지 않을 수도 있었다. 또한 그 어떤 실패를 겪더라도 기가 죽지 않는 게 그의 뛰어난 장점이었다. 그는 지붕 위에서도 넉넉히 살아갈 만한 친구였으며 아무리 지독한 굶주림과 추위도 견뎌낼 수 있는 친구였다. 그는 가난했다. 그는 닥치는 대로 일을 해서 학비와 생활비를 벌었다. 그도 라스콜리니코프와 마찬가지로 휴학 중이었지만 곧 학업을 계속할 수 있도록 최선을 다하고 있었다.

라스콜리니코프는 벌써 넉 달째 그를 찾아간 적이 없었고 라주미힌은 그의 주소조차 모르고 있었다. 두 달 전, 우연히 길에서 둘이 마주친 적이 있었지만 라스콜리니코프는 못 본 척 외면하고 길 맞은편으로 건너가버렸다. 라주미힌도 그를 알아보았지만 그를 귀찮게 하지 않으려는 듯 그대로 지나가버렸다.

제5장

라스콜리니코프는 왜 갑자기 자기에게 라주미힌을 만나겠다는 생각이 들었는지 여전히 의아했다. 그는 생각을 가다듬기 위해 길가 벤치에 앉았다. 그는 마침 가로수가 늘어선 길을 걷고 있었기에 벤치가 여기저기 놓여 있었던 것이다.

그는 생각했다.

'그래, 전에도 라주미힌에게 일거리를 부탁하려 했었지. 과외 자리든지 뭐든지 좀 알아봐달라고……. 그래서 내가 나도 모르게 그를 찾아 나섰던 건가? 정말 웃기는 일이로군. 설사 그가 자리를 구해준다고 치자. 그 푼돈으로 뭘 하겠다는 거지? 내게 지금 필요한 게 겨우 그런 거였나?'

그러나 그는 다시 생각했다.

'아냐, 그래서 그를 찾아 나선 게 아니야. 그를 통해 뭔가 모든 것을 해결할 방법을 찾으려 한 거야. 하지만 오직 라주미힌 한 명에게서 그런 걸 찾을 수 있다고 기대했단 말인가?'

그는 지극히 평범한 자신의 행동에서 뭔가 불길한 의미를 찾아내려고 이상하리만치 애쓰는 것 같았다. 그의 마음이 그만큼 불안했기 때문이었다.

그는 마치 최후의 결론이라도 내리듯 매우 침착하게 중얼거렸다.

'라주미힌이라……. 그래, 그에게 가야 해. 하지만…… 지금은 아니야. 가긴 가야 해. 하지만 그 일이 끝난 다음에…… 그 일이 끝나고 모든 게 새로 시작될 때…….'

그러다 그는 갑자기 자기가 무슨 생각을 하고 있는지 깨닫고는 외쳤다.

"그 일이 끝난 다음이라고? 하지만 실제로 그 일이 일어날까? 정말 그런 일이 일어날 수 있을까?"

벤치에서 벌떡 일어난 그는 정처 없이 이곳저곳을 헤매었다. 집으로 돌아가기는 소름 끼치도록 싫었다. 어느 싸구려 식당 겸 술집 앞을 지날 때 그는 문득 시장기를 느꼈다. 주머니를 뒤져 돈을 세어보니 30코페이카 정도가 남아 있었다. 그는 술집으로 들어가 보드카를 한 잔 마시고 파이 한 조각을 먹었다. 길을 나서자 고작 한 잔을 마셨을 뿐인데도 취기가 돌았다. 무척 오랫동안 보드카를 입에 대지 않았던 탓이었다. 갑자기 다리가 무거워지고 졸음이 몰려오자 그는 길가를 벗어나 관목 숲으로 들어가 풀 위에 쓰러져 그대로 잠이 들었다.

그는 꿈을 꾸었다. 병적인 상태에 있었기에 꿈은 더 선명하고 강렬했으며, 마치 생시에 벌어진 일 같았다. 그가 꾼 꿈은 무서운 꿈이었다. 그가 일곱 살가량의 어린 시절의 꿈이었는데, 술에 취한 한 농부가 사람들과 함께 자기의 말을 때려죽이는 꿈이었다. 그는 아버지에게 매달려 "아빠, 저 사람들이…… 왜 말을…… 죽이는 거예요?"라고 물었다. 하지만 숨이 막히고 가슴이 메어서 제대로 말을 하지 못했다. 그는 가슴이 답답해서 소리를 지르려다 잠에서 깨어났다.

"다행이야, 꿈이었으니……." 그는 깊은 숨을 몰아쉬며 나무 그늘 아래 앉았다. 온몸에 기운이 하나도 없었으며 마음속이 온통 어둡고 혼란스러웠다. 그는 두 손을 머리로 받쳤다.

그는 부르짖었다.

"오, 맙소사! 정말, 정말로…… 내가 도끼로 노파의 머리를 내리칠 수 있단 말인가! 두개골을 박살낼 수 있단 말인가! 끈적

끈적하고 뜨끈한 피를 밟고 부들부들 떨면서 돈을 훔칠 수 있
단 말인가! 피범벅이 된 채 몸을 숨기고…… 도끼를 들고……
오, 맙소사! 정말 그럴 수 있단 말인가!"

그는 사시나무 떨듯 떨고 있었다.

그는 다시 몸을 일으키며 마치 경악에 사로잡힌 듯 중얼거
렸다.

"도대체 내가 무슨 생각을 하고 있었던 거야? 내가 그런 짓
을 할 수 없다는 걸 빤히 알면서 왜 지금껏 자신을 괴롭혀온 거
지? 어제, 어제, *실험*을 한답시고 가봤을 때 이미 알았잖아. 내
가 도저히 그 일을 견뎌내기 어렵다는 걸……. 그런데 왜 여전
히 그 생각을 하고 있는 거지? 왜 아직도 포기 못 하고 망설이
고 있는 거지? 어제 층계를 내려오면서 스스로에게 말하지 않
았는가? 이건 저열하고 추악하고 사악한 짓이라고……. 생각
만 해도 속이 느글거리고 소름이 끼치지 않았는가? 그래, 난
할 수 없어. 도저히 그 일을 할 수 없어. 그래, 내 계산에 아무
착오가 없었다고 치자. 지난 한 달간 내가 내린 모든 결론이 대
낮처럼 명백하고 산수처럼 정확하다고 치자……. 오, 맙소사!
아무리 그렇더라도 나는 결심할 수가 없어! 나는 그걸 할 수가
없어, 할 수가 없다고! 그런데 왜…… 왜…… 지금껏……."

그는 자리에서 일어났다. 그리고 자신이 왜 이런 곳에 와 있는지 의아한 눈길로 주변을 둘러본 후 다시 걷기 시작했다. 안색은 창백했고 눈은 이글거리고 있었으며 사지의 맥이 다 풀려 있었지만 그래도 좀 편하게 숨을 쉴 수 있었다. 오랫동안 자신을 짓눌러왔던 짐을 벗어버린 듯 마음이 홀가분했다. 그는 다리를 건너면서 평온한 마음으로 네바강을 내려다보았고 불타오르는 저녁놀을 바라보았다. 마치 한 달 동안 곪아온 가슴속 종기가 터져버린 것 같았다. 자유! 자유! 그는 자신을 사로잡고 있던 마법, 강박에서 벗어난 것이다.

훗날 그가 이때를 회상하면서 한 순간 한 순간을 차례차례 떠올릴 때마다, 별로 이상하달 것 없는 작은 일들이 마치 그의 운명의 예고처럼 여겨지면서 그것들을 거의 미신처럼 믿게 되었다. 바로 그날의 일이 그러했다.

그는 그날 그렇게 지친 몸으로 왜 지름길을 통해 집으로 향하지 않고 아무 이유도 없이 센나야 광장을 거쳐 집으로 갔는지 도무지 이해할 수도 없었고 설명할 길도 없었다. 그리고 바로 그 시각, 그가 그런 정신 상태에 있었을 때 왜 그의 운명에 가장 결정적이고 절대적인 영향을 미칠 만남을 그곳에서 하게 되었던 것일까? 마치 그곳에서 그를 기다리고 있었다는 듯이.

제5장

61

그가 센나야 광장을 지나고 있을 때는 저녁 9시쯤이었다. 가게나 노점을 벌여놓고 있던 상인들도 주섬주섬 짐을 꾸리고 있거나 손님들과 마찬가지로 각자 집을 향해 발걸음을 옮기고 있었다. 지하 싸구려 음식점 부근과 광장을 둘러싸고 있는 선술집에는 남루한 차림의 사람들이 우글거리고 있었다. 라스콜리니코프는 평소에도 이곳에 자주 들렀고 이곳을 좋아했다. 무엇보다 자기 같은 누더기 옷차림이 아무런 눈총을 받지 않기 때문이었다.

그런데 어느 골목 모퉁이에서 실이며 머릿수건 따위를 좌판에 늘어놓고 팔던 부부가 어느 여자와 이야기를 나누고 있었다. 부부는 돌아갈 채비를 하다가 마침 그곳에 들른 여자와 이야기를 나누느라 지체하고 있었던 것이다.

그 여자는 라스콜리니코프가 아는 여자였다. 리자베타 이바노브나란 이름의 여자로서 보통 리자베타로 불리고 있었다. 바로 어제 라스콜리니코프가 실험을 위해 찾아갔던 전당포 노파의 이복 여동생이었다. 겁이 많고 온순한 서른다섯 살의 노처녀로서 언니 밑에서 노예처럼 일하며 매를 맞고 사는 백치 같은 여자였다.

부부는 그녀에게 뭔가 열심히 설명하고 있었다. 별로 놀랄 만한 만남이 아니었건만 라스콜리니코프는 그 무언가 이상한 느낌에 사로잡혔다.

"이봐요, 리자베타, 당신이 알아서 결정해요." 장사꾼이 큰 소리로 말했다. "내일 7시쯤 와요. 그 사람들도 올 거예요."

"내일이요?" 리자베타가 쭈뼛쭈뼛하며 말했다.

"아니, 친언니도 아닌데 뭘 그렇게 겁을 내요?" 장사꾼 아내가 쾌활하게 재잘거렸다. "꼭 어린애 같다니까."

"언니에게 말하지 말고 내일 와요. 벌이가 괜찮은 일이라니까. 나중에 언니도 좋아할걸."

마침내 리자베타가 머뭇거리며 말했다.

"그럼 와볼까요?"

"내일 저녁 7시요. 그 사람들도 올 거니까 당신이 알아서 결정해요."

"좋아요, 그럼 올게요."

리자베타는 여전히 망설이면서 말하더니 자리를 떴다.

라스콜리니코프는 한마디도 놓치지 않으려는 듯 귀를 기울이며 눈치채지 않게 그곳을 스쳐 지나갔다.

그는 처음에는 놀랐지만 곧 공포에 사로잡혔고 등골이 오싹했다. 그렇다. 내일 저녁 7시에 노파의 여동생은 집을 비울 것

제5장

63

이며 노파 혼자 집에 있으리라는 것을 기대하지도 않았는데 우연히 알게 된 것이다.

하숙집까지는 몇 걸음도 안 되었다. 그는 마치 사형선고라도 받은 사람처럼 자기 방으로 들어섰다. 아무 생각도 없었으며 생각을 할 수조차 없었다. 그러나 그는 갑자기, 자신에게는 이제 생각할 자유도, 의지도 없다는 것, 모든 것이 갑자기 확고하게 결정되었음을 자신의 온 존재로써 느꼈다. 아무리 계획을 세우고 몇 년을 준비한다 해도, 집에 노파가 홀로 있다는 것을 바로 전날 저녁에 확실하게 알아내는 것은 불가능했을 것이다.

제6장

　나중에 라스콜리니코프는 그 장사꾼 부부가 리자베타를 그들 집으로 부른 이유를 우연히 알게 되었다. 자주 있던 일이었다. 최근에 이곳 수도로 이사 온 어느 가족이 살림이 궁해서 가재도구를 팔 수밖에 없게 되어 그 물건을 처분해줄 사람을 찾고 있었고, 약간의 수수료를 받고 그런 일을 하고 있던 리자베타에게 일을 맡기게 된 것이다. 리자베타는 온순한 데다 정직해서 그 일에 적격이었다.

　라스콜리니코프는 그 당시 상당히 미신적인 생각에 기울고 있어서 일상적으로 흔히 있을 수 있는 일도 무슨 전조처럼 여기는 일이 많았다. 누이동생이 선물한 빨간 보석이 셋 박힌 금반지를 노파에게 맡기러 간 날도 그랬다. 그는 노파를 전혀 본

적이 없었는데도 처음 보는 순간부터 이루 말할 수 없는 혐오
감을 느꼈다. 그는 노파에게서 지폐 두 장을 받아 들고 돌아오
는 길에 어느 싸구려 선술집에 들렀다. 그는 차를 시키고 앉아
이상한 생각에 사로잡혀 있었다.

바로 옆 탁자에 한 번도 본 적이 없는 대학생 한 명과 장교
한 명이 앉아 이야기를 나누고 있었다. 그런데 그들이 바로 그
전당포 노파 이야기를 하고 있는 것 아닌가? 그것만으로도 라
스콜리니코프는 이상한 기분이 들었다. 마침 거기서 나왔고 아
직 노파에 대한 혐오감에 젖어 있는데 그 이야기를 하다니! 그
냥 우연으로 넘겨버리기엔 뭔가 이상하지 않은가?

라스콜리니코프는 귀를 기울였다.

대학생이 말했다.

"엄청난 여자지. 거기 가면 언제나 돈을 구할 수 있어. 웬만
한 유태인보다 돈이 많아. 한꺼번에 5,000루블도 빌릴 수 있어.
하지만 1루블짜리 물건도 마다 않고 잡아줘. 정말 더러운 짐승
같은 여자야."

대학생은 그 노파가 얼마나 지독한지 한바탕 떠들어댄 후에
그 노파가 리자베타라는 여동생을 얼마나 함부로 대하며 학대
하고 있는지 한참을 이야기했다. 대학생은 노파에게 분개한 듯

열을 내며 말했다.

"내가 그 노파를 죽이고 도둑질을 하더라도 아무런 양심의 가책을 느끼지 않을 거야."

그의 말을 듣고 장교는 웃음을 터뜨렸지만 라스콜리니코프는 몸이 떨렸다. 정말 이상한 일이었다.

대학생이 더 열을 올리며 계속 말했다.

"내가 중요한 질문 하나 할게. 물론 아까 한 이야기는 농담이야. 하지만 들어봐. 자, 이쪽에 멍청하고 비상식적이며 비열하고 심술궂은 데다 병까지 든 노파가 있어. 그 누구에게도 도움이 되지 않고 해롭기까지 해. 자기가 왜 살고 있는지도 모르는데다 저절로 죽게 되어 있어. 알겠어, 알겠느냐고?"

"그래, 알겠어. 그래서?" 열을 올리는 친구를 빤히 쳐다보며 장교가 물었다.

"자, 잘 들어보라고. 다른 한쪽에는 아무런 도움도 받지 못해 헛되이 스러져가는 젊고 신선한 힘들이 있어. 도처에 수도 없이 많아! 노파는 자기가 죽으면 자기 돈을 모두 어느 수도원에 기부하도록 해놓았어. 추도 미사를 계속 올려달라는 조건이야. 그 돈만 있다면 수없이 많은 좋은 일을 할 수 있는데 말이야. 수백 수천 명이 제 갈 길을 갈 수 있게 될 것이고, 가난과 비참에 시달리는 수많은 가정을 도탄에서 벗어나게 해줄 수도 있어. 바로 그 노파의 돈으로 말이야.

자, 생각해봐. 그 노파를 죽이고 그 돈을 전 인류를 위한 일, 공공의 이익이 되는 일에 쓴다면? 어떻게 생각해? 그 작은 범죄는 크나큰 선행으로 보상받을 수 있지 않을까? 하나의 죽음과 그것과 맞바꾼 수백의 생명! 정말 간단한 산수잖아. 도대체 무의미한 데다 사악한 한 노파의 생명이 공공의 이익이라는 저울에서 무슨 무게가 나갈 수 있을까? 이(蝨)나 바퀴벌레의 목숨과 다를 바 없지. 아니 그보다 못해. 그보다 더 큰 해를 끼치니까. 노파는 다른 사람의 생명을 뜯어먹고 있다고."

듣고 있던 장교가 한마디 했다.

"물론 그 노파는 살 가치가 없지. 하지만 어쨌건 그게 자연의 법칙 아닌가?"

"무슨 소리야! 자연은 수정하고 이끌 수 있다고! 그렇지 않다면 모두 편견 속에 빠져 허우적거리게 될 거야. 그렇게 되면 위인도 나올 수 없어."

"좋아, 다 잘 알겠다고 치자. 자네, 지금 열변을 토하고 있는데, 그렇다면 *자네* 손으로 그 노파를 죽일 수 있어?"

"절대로 아니지! 다만 그냥 정의를 위해서……. 그건 나하고는 상관없는 일이야."

"자네에게 그럴 생각이 없다면 정의 운운하지 말게. 자, 당구나 한 게임 치러 가자고."

라스콜리니코프는 극도로 흥분해 있었다. 물론 그들의 대화는 젊은이들이라면 충분히 할 수 있는 평범한 것이었다. 그런데 하필 왜 그때 그들이 그 대화를 나누었단 말인가? 그의 머릿속에도 똑같은 생각이 맴돌고 있던 바로 그 순간에! 그에게는 이 우연의 일치가 두고두고 무슨 의미가 있는 것처럼 여겨졌다. 싸구려 술집에서 듣게 된 생면부지의 남자들이 주고받은 그 대화가 그에게 엄청난 영향을 미친 것이다.

센나야 광장에서 돌아온 그는 한 시간가량 꼼짝 않고 누워 있었다. 몸이 납덩이처럼 무거웠다. 도무지 무슨 생각을 하고 있었는지 나중에 전혀 기억도 나지 않았다. 거의 멍하니 그렇게 누워 있다가 그는 그대로 잠에 빠져들었다.

다음 날, 아침 10시가 되어 나스타시야가 그를 흔들어 깨울 때까지 그는 잠에 빠져 있었다. 그녀는 차와 빵을 가져왔다. 빵은 어제 그가 동전을 주며 사다 달라고 부탁한 것이었다.

나스타시야가 왜 그렇게 잠만 자느냐고 한마디 하고 밖으로 나가자 그는 빵을 집어 들고 숟가락으로 수프를 떠먹기 시작했다. 식욕이 없어 겨우 서너 숟가락 떠먹고는 숟가락을 내려놓았다. 그는 다시 침대에 누웠다.

방을 나갔던 나스타시야가 오후 2시쯤 수프를 갖고 다시 방에 들어왔다. 그녀가 방을 나가자 그는 이번에도 수프를 뜨는 둥 마는 둥 하고 다시 침대에 몸을 눕혔다. 그는 머리를 베개에 파묻은 채로 꼼짝도 않고 엎드려 있었다. 온갖 환상이 어른거렸다.

그때 문득 시계의 종이 울렸다. 그는 몸을 부르르 떨면서 정신을 차렸다. 그러고는 갑자기 화들짝 놀란 듯 벌떡 자리에서 일어났다. 그는 살금살금 문 쪽으로 다가가 조용히 문을 열고 귀를 기울였다. 아무도 없었고 그의 심장 소리만이 쿵쿵 울리고 있었다.

'이렇게 아무 준비도 하지 않고 정신없이 잠만 자다니……. 아까 시계 소리는 6시를 알린 것 같았는데…….'

그러자 갑자기 그에게 조바심이 일었다.

'그래, 준비를 해야 해.'

하지만 준비라야 별것도 없었다. 그는 온 정신을 집중해서 단 한 가지라도 빼먹지 않으려 애썼다. 심장이 계속 방망이질을 해대서 숨이 막힐 지경이었다.

우선 고리를 하나 만들어서 외투에 꿰매어 달아야 했다. 금세 할 수 있는 일이었다. 그는 베개 밑에 쑤셔 넣어놓았던 낡은 셔츠를 끄집어내서 끈 모양으로 헝겊을 잘라냈다. 그는 그 헝겊을 두 겹으로 접은 다음 여름 외투 안쪽에 꿰매어 달았다. 두 손을 바들바들 떨면서 겨우 일을 마치고 외투를 걸쳐보니 감쪽같았다.

그 고리는 남들에게 보이지 않도록 도끼를 매달기 위한 그의 고안물이었다. 한 손을 호주머니에 넣으면 덜렁거리는 도끼를 누를 수도 있었다. 아무도 그가 도끼를 지니고 있는 줄 모르는 채 태연히 걸어갈 수 있게 해줄 수 있는 그 고안물은 그가 2주 전에 생각해낸 것이었다.

이어서 그는 소파와 마룻바닥 사이 틈새에 손을 넣어 그가 준비한 전당물을 끄집어냈다. 하지만 그것은 진짜 전당물이 아니었다. 담뱃갑 정도 크기의 나뭇조각에 철판을 붙인 것이었다. 나뭇조각과 철판은 그가 산책을 하다가 어느 집 뒷마당에서 우연히 발견한 것이었다.

그는 나뭇조각과 철판을 깨끗한 종이로 쌌다. 그리고 풀기 힘들게 끈으로 열십자로 단단히 묶은 다음 단단히 매듭을 지었

제6장

71

다. 매듭을 푸는 데 노파의 정신을 집중시키기 위해서였다. 철판을 댄 것은 노파가 이 물건을 의심하지 않게 만들기 위해서였다.

시계가 7시를 알렸다. 이제 도끼를 훔치는 일이 남았다. 그는 이미 오래전에 도끼를 사용하기로 결정했었다. 그는 용의주도하게 결정을 하고 준비를 했지만 한 가지 꼭 지적할 점이 있다. 이제까지는 그가 확실하게 결정을 내릴 때마다 그만큼 확신에 찬 것이 아니라, 오히려 자신의 결정과 행동이 점점 더 추악하고 어리석은 짓으로 여겨졌다는 사실이다. 마음속에서는 온갖 갈등이 들끓고 있었지만 그는 한순간도 자신의 계획이 실현되리라고 믿지 않았다.

그런데 그날은 달랐다. 물론 그가 확신에 차 있었다는 말이 아니다. 이제까지 그는 논리적으로는 아무런 의심의 여지도 없는 결론을 맺은 순간에도 비굴할 정도로 여기저기서 자신의 논리를 반박할 구실을 찾았다. 그런데 모든 것을 한꺼번에 결정해버린 그날, 뜻밖에 느닷없이 모든 것을 결정하게 만든 일이 벌어진 그날, 그는 거의 기계적으로 움직였다. 마치 누군가 그의 손을 잡고 저항할 길 없이 끌고 가는 것 같았다. 마치 기계 바퀴에 물린 옷자락이 그 속으로 빨려 들어가는 것 같았다.

게다가 그는 마음속으로 단정했다. 모든 범죄자들은 당황한 나머지 범죄의 흔적을 남긴다. 그건 범죄 자체가 범죄자를 병적인 상태로 만들기 때문이다. 하지만 자신은 그럴 리 없다. 자신은 이 일이 벌어지는 동안, 그리고 이 일이 벌어진 후에도 여전히 판단력과 의지를 유지할 수 있을 것이다. 왜? 자기가 계획하고 있는 일은 '죄'가 아니므로…….

도끼를 구하는 일은 어려운 일이 아니었다. 관리실 문은 항상 열려 있었으며 이 시간에 관리인이 자리를 비운다는 것을 그는 이미 알고 있었다. 그는 관리실로 들어가 도끼를 손에 넣은 뒤 재빨리 외투 속 고리에 걸고 두 손을 주머니에 넣은 채 집 밖으로 나섰다.

그는 아무런 의심도 사지 않도록 느긋하게 길을 걸어갔다. 우연히 어느 가게 안을 흘끔 쳐다보았더니 시계가 7시 10분을 가리키고 있었다. 서둘러야 했다. 하지만 아무리 급해도 남들 눈에 띄지 않게 길을 돌아서 그 집에 접근해야 한다.

전에 이 모든 일을 상상 속에서 그려보았을 때 그는 막상 일이 닥치면 몹시 두려울 것이라고 생각했다. 하지만 그렇지 않았다. 그는 조금도 두렵지 않았다. 심지어 공원 옆을 지날 때, 광장마다 높은 분수를 설치하면 얼마나 상쾌할까 하는 생각도

제6장

했고, 공원을 확장해 궁전 정원과 연결하면 얼마나 멋질까 하는 생각도 했다. 그러다가 정신이 번쩍 들어 '무슨 쓸데없는 생각을 하고 있나!'라며 자신을 책망하기도 했다.

그러는 사이 그는 어느새 그 집 앞에 와 있었다. 어디선가 7시 반을 알리는 종이 울렸다. 그는 노파의 집으로 향하는 계단을 오르기 시작했다. 계단에는 아무도 없었고 문이란 문은 다 닫혀 있어서 아무와도 마주치지 않았다.

그는 어느새 4층에 와 있었다. 맞은편 집도 비어 있는 것 같았으며 노파네 바로 아래층인 3층의 집도 낌새로 보아 비어 있음이 틀림없었다. 문에 박아두었던 문패를 떼어낸 것으로 보아 이사 간 것 같았다.

숨이 막혀왔다. 순간, 그냥 돌아가버릴까, 하는 생각이 들었다. 그러나 그는 그 생각을 무시하고 노파의 문에 귀를 기울였다……. 그리고 다시 한번 주위를 둘러본 후 다시 한번 고리에 건 도끼를 만져보았다.

'내 얼굴이 너무 창백하지 않을까? 내가 너무 흥분해 있는 건 아닐까? 심장이 좀 가라앉을 때까지 기다리는 게 좋지 않을까?'라고 그는 생각했다. 하지만 심장의 두근거림은 좀처럼 가라앉지 않았다. 가라앉기는커녕 점점 더 심하게 쿵쿵거렸다.

이윽고 그는 결심한 듯 초인종 끈을 잡아당겼다. 30초 정도 지난 후 그는 조금 더 세게 끈을 잡아당겼다. 아무 응답이 없었다. 더 울려봤자 소용이 없었다. 노파는 혼자 있었고 더욱이 의심이 많았다. 쉽사리 문을 열어줄 리 없었다.

그는 문에 귀를 바싹 갖다 댔다. 그가 바싹 예민해 있었던 덕분인지 자물쇠 손잡이에 조심스레 손이 닿는 것 같은 소리와 옷이 문에 스치는 듯한 소리를 들을 수 있었다. 안에서도 누군가 문에 바싹 귀를 대고 귀를 기울이고 있음에 틀림없었다.

그는 자기가 몸을 숨기고 있지 않음을 보여주려는 듯 일부러 몸을 움직이며 뭐라고 큰 소리로 중얼거렸다. 그리고 아주 침착하게 세 번째로 초인종을 울렸다. 그는 그때 일을 회상할 때마다, 그렇게 정신이 흐려지고 자신의 몸조차 느낄 수 없을 정도로 감각이 무디어져 있던 그 순간, 어떻게 그런 교활한 생각을 할 수 있었는지 스스로도 도저히 납득할 수 없었다.

잠시 후 빗장을 푸는 소리가 들렸다.

제6장

75

제7장

　문이 빠끔 열리더니 노파가 어둠 속에서 의심스런 눈초리로
그를 쏘아보았다.

　그가 더듬거리며 말했다.

　"안녕하세요, 알료나 이바노브나. 저…… 물건을 가져왔어
요……."

　그는 노파의 허락도 받지 않고 안으로 들어갔다. 노파가 허
겁지겁 뒤따라 들어오자 그가 말했다.

　"저, 요전번에 약속한 전당물을 가져왔어요."

　그는 전당물을 내밀었다. 노파는 의심스러운 눈초리를 거두
지 않은 채 그에게 말했다.

　"이게 뭐유?"

"은제 담뱃갑입니다."

"그런데 얼굴빛이 왜 그리 창백한 거유? 손까지 떨고 있네?"

"감기에 걸려 오한이 나서 그래요."

"근데 이거 은 같지 않은데…… 뭘 이렇게 꽁꽁 싸맨 거지?"

노파는 끈을 풀려고 애쓰면서 닫혀 있는 창문 쪽으로 갔다. 그녀는 라스콜리니코프에게서 등을 돌린 채 서 있었다. 그는 외투 단추를 풀고 도끼를 고리에서 뺀 뒤에 오른손으로 꼭 잡았다. 손에는 힘이 하나도 없었다. 순간순간 손이 더 마비되고 나무처럼 굳어가는 것 같았다.

"아니, 왜 이렇게 꽁꽁 감아놓은 거야?" 노파가 짜증 섞인 목소리로 말하면서 그를 향해 몸을 약간 돌렸다. 이제 더 이상 지체할 수 없었다. 그는 도끼를 쓱 꺼내어 거의 아무 의식도 없이 두 손으로 치켜들고 노파의 머리를 내리쳤다. 별로 힘도 들이지 않은 기계적인 동작이었다. 사실 그 순간 그에게는 아무런 기운도 없었다. 하지만 일단 도끼를 내리치자 즉시 힘이 불끈 솟았다.

노파는 키가 작았기에 도끼는 바로 노파의 정수리를 내리찍었다. 노파가 비명을 질렀지만 아주 약한 소리였다. 그녀는 그대로 방바닥에 주저앉았다. 라스콜리니코프는 도끼의 등으로 노파의 정수리를 계속 내리쳤다. 노파는 피를 콸콸 쏟으며 그대로 벌렁 자빠졌다. 그대로 숨이 끊어진 것이다.

그는 도끼를 시체 옆에 내려놓고 피가 묻지 않도록 조심하면서 노파의 오른쪽 호주머니에 재빨리 손을 넣었다. 열쇠 꾸러미가 손에 잡히자 그는 서둘러 꺼냈다. 이제 더 이상 어지럽지 않았지만 손은 여전히 떨리고 있었다. 열쇠를 꺼낸 후 보니 노파의 목에 걸려 있는 끈이 눈에 들어왔다. 그는 도끼날을 이용해 간신히 끈을 잘라낼 수 있었다. 그 바람에 도끼와 손이 온통 피범벅이 되었다.

그의 짐작대로였다. 그 끈에는 에나멜을 입힌 성상과 십자가와 함께 작은 양피 지갑이 매달려 있었다. 지갑은 불룩했다. 그는 지갑을 살펴보지도 않고 그대로 주머니에 넣었다. 이어서 그는 열쇠 꾸러미를 들고 침실로 달려갔다. 열쇠들을 서랍장 자물쇠에 맞춰보았지만, 자물쇠 구멍에 맞는 열쇠를 찾을 수 없었다. 아니, 맞지 않는 열쇠를 자꾸 한 구멍에 집어넣으려 애쓰고 있었던 것이다. 그때 다른 작은 열쇠들 사이에서 톱니 모양으로 생긴 큰 열쇠가 눈에 띄었다. 분명 서랍 열쇠가 아니라 트렁크 열쇠였다. 그는 침대 밑으로 기어들어갔다. 노파들이 대개 트렁크를 침대 밑에 놓는다는 것을 그는 알고 있었다. 과연 그곳에 트렁크가 있었다. 그는 톱니 모양으로 생긴 큰 열쇠를 트렁크 구멍에 집어넣어보았다. 딱 들어맞았다.

트렁크를 열어보니 위에는 온갖 옷가지들이 있었다. 그가 옷들을 헤치자 안에서 금시계를 비롯해 온갖 귀중품들이 나왔다. 모두 저당 잡아놓은 물건들이었다. 그는 그 물건들 꾸러미를 풀어헤치고 닥치는 대로 주머니에 쑤셔 넣었다.

하지만 그다지 오래 집어넣고 있을 시간이 없었다. 갑자기 노파가 죽어 자빠져 있는 방에서 사람 발소리가 들린 것이다. 그는 손길을 멈추고 숨을 죽였다. 하지만 쥐 죽은 듯 조용했고 그는 잘못 들었다고 생각했다. 순간 가느다란 비명 소리가 들렸다. 그는 도끼를 들고 벌떡 일어나 옆방으로 달려갔다.

방 한가운데 리자베타가 넋이 나간 모습으로 죽은 언니를 보고 있었다. 백지장처럼 하얗게 질려 있었으며 소리 지를 기력조차 없는 것 같았다. 그녀는 갑자기 튀어나온 그의 모습을 보고 온몸을 사시나무 떨듯 떨었다. 입을 벌리고 있었지만 차마 소리도 지르지 못한 채 천천히 구석으로 뒷걸음질을 쳤다.

라스콜리니코프는 그녀의 얼굴을 향해 도끼를 치켜들었다. 그동안 너무 학대만을 받아온 리자베타는 마치 울음이 터져 나올 것 같은 표정을 지었을 뿐 손을 들어 얼굴을 가릴 생각조차

제7장

하지 못했다. 도끼날에 머리를 맞은 그녀는 그대로 고꾸라졌다. 거의 정신이 나가다시피 한 라스콜리니코프는 그녀를 그대로 내버려둔 채 현관으로 달려갔다.

예기치 못한 두 번째 살인까지 저지른 그는 공포에 사로잡혀 한시라도 빨리 이곳에서 벗어나고 싶었다. 현관 앞에서 고개를 돌려보니 부엌 양동이에 물을 받아놓은 것이 보였다. 그는 손과 도끼를 씻어야겠다고 생각했다. 그는 꼼꼼하게 도끼를 물로 씻은 후 어서 달아나야 한다는 생각에 현관으로 달려갔다.

그러나 그의 앞길에는 전혀 예기치 못했던 공포가 그를 기다리고 있었다.

그가 문을 막 나서려던 순간, 갑자기 계단을 올라오는 발소리가 들렸다. 그는 무슨 예감처럼 그자가 이곳 4층까지 올라오리라고 생각했다. 그리고 그의 예감은 틀림없었다. 그자가 어느새 3층까지 올라와 있었다. 라스콜리니코프는 마치 돌처럼 온몸이 굳어버렸다. 마치 꿈속에서 누군가 자기를 죽이려고 다가오는데 그 자리에 얼어붙은 듯 손가락 하나 꼼짝할 수 없는 것과 같았다.

그 낯선 방문객이 3층을 지나 4층을 오르기 시작했을 때야 그는 비로소 몸을 부르르 떨더니 재빨리 집 안으로 들어가 문을 닫고 빗장을 조용히 걸 수 있었다. 그는 문 바로 옆에 숨을 죽이고 서 있었다. 낯선 방문객은 이미 문 앞에 서 있었다. 왠지 뚱뚱한 중년 사내 같다는 느낌이 라스콜리니코프에게 들었다.

방문객은 초인종 줄을 거세게 흔들기 시작했다. 라스콜리니코프는 도끼를 꽉 움켜쥐었다. 상대방은 초인종을 한 번 더 울리더니 문손잡이를 힘껏 잡아당기기 시작했다. 라스콜리니코프는 덜거덕거리고 있는 빗장 걸쇠를 바라보며 지금이라도 당장 빗장이 벗겨질 것 같은 숨 막히는 공포에 휩싸였다.

"제길, 안에서 뭣들 하고 있는 거야? 자빠져 자고 있나? 아니면 목 졸려 죽기라도 한 거야?" 그는 왕왕 울리는 목소리로 외치기 시작했다. "어이, 마귀할멈! 절세미인 리자베타 이바노브나! 문 열어! 제길! 뭐 하고 있는 거야?"

그는 분통이 터지는 듯 열 번 넘게 초인종 줄을 잡아당겼다. 이 집 식구들과 잘 아는 사이인 게 틀림없었다.

그때였다. 다급한 걸음 소리가 가까운 층계에서 들려왔다. 누군가 또 오고 있는 게 틀림없었다.

"아니, 아무도 없나요? 아, 코흐 씨네요." 나중에 온 방문객은 여전히 초인종 줄을 흔들고 있는 사내에게 말했다. 목소리를 듣자 하니 젊은 사람임을 라스콜리니코프는 알 수 있었다.

제7장

81

"아니, 나를 어떻게 아는 거요?"

"아, 그저께 당구장에서 내가 내리 두 판을 이겼잖아요."

"아, 그렇군."

"그런데 둘 다 없나요? 이상하네요. 말도 안 돼요. 도대체 그 할멈이 어딜 간다는 거야? 에이, 돈 좀 빌릴까 했는데 그냥 돌아가야겠네."

"아니, 자기가 시간까지 정해놓고 어딜 간 거야. 관리인에게 물어볼까?"

그러면서 그는 다시 한번 문손잡이를 잡아당겼다. 그러자 젊은이가 말했다.

"잠깐만요. 잡아당기니까 문이 흔들리네요."

"그래서?"

"아, 문이 잠기지 않은 거지요. 빗장 걸쇠만 걸어놓은 거예요. 들리지요? 빗장 달그락거리는 소리가."

"그래서 어쨌다는 거야?"

"둘 중 한 사람은 집에 있다는 거지요. 둘 다 나갔다면 밖에서 열쇠로 잠그지 빗장을 걸어두겠어요? 안에 사람이 있다는 말이에요."

라스콜리니코프는 심장이 얼어붙는 것 같았다.

"뭔가 이상해요……. 그렇게 초인종을 울리고 문을 잡아당겨도 열어주지 않다니……. 그러니까 둘 다 기절을 했거나……아니면……. 아무래도 관리인에게 가야겠어요. 당신은 무슨 일이 생길지 모르니 여기 남아 지켜보세요. 제가 갔다 올 테니. 이건 부-운-명 무슨 일이 있는 거예요."

말을 마친 그는 흥분해서 층계를 뛰어 내려갔다.

혼자 남은 코흐는 다시 초인종 줄을 흔들기도 했고 열쇠 구멍을 통해 안을 들여다보려 애쓰기도 했다. 라스콜리니코프는 도끼를 단단히 들고 서 있었다. 완전히 돌아버릴 것만 같았다. '될 대로 되라지!' 하는 생각이 머리에 스쳐 지나갈 뿐이었다.

시간이 흘러갔다. 1분, 다시 1분……. 그러나 아무도 오지 않았다.

"도대체 이놈이 뭘 하기에 안 오는 거야?" 코흐는 더 이상 기다리지 못하고 구둣발로 계단을 쿵쾅거리며 내려가기 시작했다. 라스콜리니코프는 문을 살짝 열고 아무도 없는 것을 확인하자 조심스럽게 밖으로 나와 계단을 내려가기 시작했다.

그가 계단을 세 칸 정도 내려갔을 때였다. 갑자기 저 아래서 소란스러운 소리가 들렸다. 도대체 어디로 숨는단 말인가! 바로 그때 누군가가 "야, 이 망할 자식아! 거기 서지 못해!"라고 고함을 지르며 아래쪽 아파트에서 나오더니 마치 구르듯 계단을 뛰어 내려가기 시작했다.

"미치카……. 미치카…… 이 죽일 놈아!"

이어서 뒷마당에서 날카로운 비명 소리가 나더니 그 사내의 외침이 그쳤다.

아래층에서는 사람들이 왁자지껄 떠들면서 계단을 올라오는 소리가 들렸다. 그중에는 관리인에게 갔던 젊은이의 목소리가 섞여 있었다.

라스콜리니코프는 자포자기의 심정으로 계단을 내려갔다. '될 대로 되라지! 불러 세워도 끝장이고 그냥 지나쳐도 얼굴을 다 보게 될 테니 마찬가지야!'

그들은 이미 가까워지고 있었다. 이제 한 층만 남아 있을 뿐이었다. 그때 구원이 나타났다. 몇 계단 아래 오른쪽 문 하나가 활짝 열려 있었던 것이다. 일꾼들이 칠을 하고 있던 방이었으며 방금 소리 지르며 뛰쳐나간 사람들은 바로 그 방에서 일을 하던 일꾼들임에 틀림없었다.

그는 얼른 그 방으로 들어가 문 뒤에 몸을 숨겼다. 정말 일촉즉발이었다. 그들은 이미 층계참에 와 있었던 것이다. 그들은 큰 소리로 떠들며 4층으로 올라가기 시작했다. 그들의 모습이

시야에서 사라지자 라스콜리니코프는 슬그머니 그 방에서 나와 살금살금 계단을 내려갔다. 다행히 계단에도, 대문에도 아무도 없었다.

그는 이내 골목으로 들어가 사람들 사이에 섞였다. 기운이 하나도 없어 겨우 걸음을 옮기고 있었으며 땀이 비 오듯이 흘렀다.

겨우겨우 집으로 돌아온 그는 도끼를 제자리에 갖다 놓은 후 제 방으로 와서 소파에 몸을 던졌다.

제
2
부

제8장

　그는 그렇게 꽤 오랫동안 누워 있었다. 이따금 얼핏 정신이
들기도 했고 이미 밤이 깊었음을 알 수 있었지만 일어나야겠다
는 생각은 들지 않았다.

　밖에서 술꾼들이 왁자지껄 떠드는 소리가 나는 것으로 보아
2시는 넘은 것 같았다. 매일 술집에서 술꾼들이 나오는 시각이
었던 것이다. 그는 '아니 벌써 2시가 넘었단 말인가!'라고 중얼
거리며 벌떡 일어나 앉았다. 그러자 갑자기 모든 게 생각났다.

　한순간 그는 미칠 것 같았다. 온몸에 지독한 오한이 덮쳐 이
가 딱딱 맞부딪쳤고 온몸이 부들부들 떨려왔다. 집 안은 죽은
듯이 조용했다. 그는 가까스로 정신을 차리고 행여 무슨 흔적
이라도 없는지 살펴보기 시작했다.

그는 옷부터 찬찬히 살펴보았다. 다행히 아무런 흔적도 없는 것 같았다. 다만 해져서 너덜너덜한 바짓부리에 말라붙은 핏자국이 남아 있는 것을 발견했다. 그는 칼로 그 부분을 잘라냈다. 더 이상 아무것도 없는 것 같았다. 순간 갑자기 노파의 목에 걸려 있던 지갑과 노파의 트렁크에서 빼낸 물건들이 호주머니에 그대로 들어 있다는 것이 생각났다. 이제까지 그것을 꺼내어 감추겠다는 생각도 못 하고 있었던 것이다. 옷을 살펴보면서 그 생각을 못 하다니!

그는 그것들을 꺼내어 탁자 위에 던져놓기 시작했다. 그리고 그 모든 것들을 한꺼번에 쓸어안고 방 한구석 들떠서 찢어진 벽지와 벽 사이 구멍 속에 쑤셔 넣기 시작했다.

'이제 아무것도 안 보이겠지.' 그는 겨우 안심하며 겨울 외투를 끌어당겨 뒤집어썼다. 또다시 졸음과 고열로 인한 환각이 몰려왔다. 그리고 다시 의식을 잃었다.

그러나 채 5분도 되지 않아 그는 벌떡 자리에서 일어나 다시 자기 옷에 달려들었다.

'아니, 이래놓고 잠을 잘 수 있었단 말인가? 아직 외투에 꿰매놓은 고리도 떼어내지 않았잖아.'

그는 고리를 떼어내어 갈기갈기 찢은 다음 베개 밑 솜뭉치

제8장

89

속에 쑤셔 넣었다. 그리고 다시 정신을 차리고 찬찬히 생각을 가다듬었다.

'그래, 지갑에 피가 묻어 있었잖아. 그러면 분명 호주머니에도 피가 묻어 있을 거야.'

그는 호주머니를 뒤집어보았다. 사실이었다. 안쪽에 핏자국이 있었던 것이다. 그는 바지 주머니 안감을 다 뜯어냈다. 그리고 다시 한번 살펴보니 양말과 신발에도 온통 핏자국으로 가득했다. 머리가 깨질 노릇이었다. 이 양말과 구두, 그리고 바짓부리를 어디에 감춘단 말인가?

그는 기진맥진해서 다시 소파에 쓰러졌다. 어서 이것들을 처분해야 한다는 생각만 절실하게 들 뿐 몸을 꼼짝할 수조차 없었다. 다시 오한과 고열이 밀려와 그는 외투를 뒤집어썼다.

그때였다. 누군가 문을 세차게 두드렸다.

"문 좀 열어요. 죽었어요, 살았어요? 잠만 자고 있어요?"

나스타시야였다.

"어서 일어나요. 10시가 넘었다고요."

"없는 거 아냐?" 웬 남자 목소리였다.

'가만, 저건 건물 관리인 목소린데……. 무슨 일이지?' 라스콜리니코프는 벌떡 일어나 앉으며 중얼거렸다. 심장이 격렬하게 두근거리기 시작했다.

나스타시야가 문지기 말을 반박했다.

"봐요, 안에서 잠갔잖아요. 아니, 왜 이렇게 문까지 걸어 잠근 거예요? 평소에는 열어두더니……. 누가 업어갈까봐 그러나? 문 좀 열어요! 얼른 정신 차리고 일어나요!"

라스콜리니코프는 될 대로 되라는 기분으로 엉거주춤 몸을 일으키면서 허리를 앞으로 구부려 문고리를 벗겼다. 침대에서 일어나지 않고도 문을 열 수 있을 정도로 방이 작은 덕분이었다. 나스타시야는 이상한 눈초리로 그를 훑어보았고 관리인은 조그만 회색 종이를 그에게 내밀었다.

"소환장입니다."

"소환장이요? 어디서 온 겁니까?"

"경찰서요."

"경찰서? 무슨 일이지?"

"내가 어떻게 알아요?"

그 말을 마치고 관리인은 방에서 나갔고, 나스타시야도 걱정스러운 눈초리를 거두지 않은 채 "차를 갖다줄까요?"라고 라스콜리니코프에게 물었다. 그가 괜찮다고 하자 그녀도 관리인을 뒤따라 가버렸다.

그들이 사라지자 그는 소환장을 꺼내어 읽었다. 오늘 9시 반까지 경찰서로 출두하라는 소환장이었다. 생전 처음 겪는 일이었다. 도대체 무슨 일이란 말인가?

그는 서둘러 옷을 입은 후 집을 나섰다. 어쨌든 가서 부딪치고 볼 일 아닌가?

경찰서는 그의 집에서 250미터 정도 떨어진 가까운 거리에 있었다. 그는 경찰서 계단을 오르면서 '들어가서 무릎을 꿇고 모든 것을 다 말해버리자'고 생각했다.

경찰서는 4층 건물 맨 꼭대기에 있었다. 경찰서 사무실 입구의 문은 활짝 열려 있었다. 그는 초조한 마음으로 안으로 들어섰다. 그리고 자리에 앉아 뭔가 끼적이고 있는 사람들 중 한 명에게 다가갔다.

"무슨 일이오?" 그가 물었다.

라스콜리니코프는 소환장을 내밀었다.

사나이는 소환장을 흘끔 보더니 물었다.

"대학생이요?"

"대학생이었습니다."

"저기 서기장에게 가보시오." 그는 손가락으로 맨 앞쪽 끝 방을 가리켰다.

그는 그 방으로 들어갔다. 사람들이 빼곡하게 들어서 있는 작은 방이었다. 라스콜리니코프는 서기장에게 소환장을 내밀었다. 서기장은 소환장을 흘끔 본 후 "잠깐 기다리시오"라고 말한 후 상복 입은 부인과 하던 이야기를 계속했다.

라스콜리니코프는 서기장을 바라보았다. 아직 20대 초반의 젊은이였다. 상복을 입은 여인이 서기장에게 볼일을 끝내고 방에서 나가려 할 때였다. 꽤나 요란한 발소리를 내며 어떤 장교 한 명이 씩씩하게 방 안으로 들어오더니 휘장이 달린 모자를 탁자 위에 휙 던지고 안락의자에 털썩 주저앉았다. 그는 그 구(區)의 부(副)지서장직을 맡고 있는 육군 중위였다. 붉은 콧수염을 수평으로 기르고 있는 변변찮은 용모의 사내였다.

그가 라스콜리니코프에게 사나운 눈길을 던지며 말했다.

"무슨 일이오?"

형편없는 옷차림에도 불구하고 당당하게 자신의 눈길을 피하지 않는 라스콜리니코프에게 그는 기분이 상한 듯했다.

"출두하라고 해서……. 여기 소환장이……." 라스콜리니코프가 약간 당황해서 말했다. 그러자 서기장이 보고 있던 서류에서 눈을 떼면서 끼어들었다.

"누군가 이 대학생에게 돈을 청구했습니다." 그는 라스콜리

제8장

93

니코프에게 서류를 가리키며 말했다.

'돈? 내게 돈을 청구한다고? 도대체 무슨 돈을? 어쨌든 그 일은 아니구나.' 라스콜리니코프는 너무 기뻐서 몸이 떨렸다. 그리고 이루 말할 수 없이 몸이 가벼워졌다. 어깨를 짓누르던 짐이 사라진 것이다.

"아니, 지금 몇 시인데 이제야 온 거야? 9시로 돼 있는데 지금 벌써 11시가 지났잖은가?" 중위가 고함치듯 말했다.

"15분 전에야 소환장을 받았습니다. 더구나 병이 나서 아픈데도 이렇게 온 겁니다!" 라스콜리니코프는 중위가 내지르는 소리에 화가 나서 소리를 질렀다. 내심 만족감까지 느꼈다.

"소리 지르지 마시오!"

"소리 지르는 건 내가 아니라 당신입니다. 난 아주 조용히 말하고 있습니다. 누구든 내게 소리 지르는 건 용납할 수 없어요."

"다, 닥치지 못해! 여긴 경찰서야…… 마, 말조심…… 해."

"당신도 경찰서에 있습니다. 그런데 당신은 담배를 마구 피우고 있습니다. 조심해야 할 건 당신입니다."

그러자 성질이 불같은 중위도 당황한 것 같았다. 그때 서기장이 사태를 무마하려는 듯 라스콜리니코프에게 서류를 내밀었다. 라스콜리니코프는 서류를 읽었다. 하지만 어리둥절할 뿐이었다. 그가 서기장에게 물었다.

"대체 이게 뭡니까?"

서기장이 대답했다.

"차용증에 쓰인 대로 돈을 청구하는 거요. 지불 독촉장이요. 모두 115루블이요. 당신이 9개월 전에 8등관의 미망인인 자르니츠이나에게 써준 거고, 후에 그 차용증이 7등관 체바로프에게로 양도되었소. 당신 답변을 들으려고 소환한 거요."

"자르니츠이나? 내 하숙집 여주인인데요."

"그래서?" 중위는 라스콜리니코프가 자신을 바라보는 도발적인 눈길과 당당한 태도에 이미 화가 나 있었다. 조금만 건드리면 폭발할 것 같았다. 라스콜리니코프는 위기에서 벗어났다는 기쁨에 젖어 있었다. 그는 심지어 미소까지 띠고 있었다. 그 모습을 보고 중위는 더 흥분했다.

중위가 폭발하려는 순간 누군가 사무실로 들어섰다. 바로 그구의 감독관 겸 지서장인 니코짐 포미치 대위였다. 그가 중위에게 말했다.

"아니, '화약' 중위, 그 성격에 누가 또 불을 붙였나? 일리야 페트로비치, 왜 그렇게 화가 나 있는가?"

"보십시오. 전에 대학생이었다던가? 뭐, 이런 친구가 빌린

제8장

95

돈도 갚지 않고 차용증서를 남발하고 방도 비워주지 않아서 소환당한 주제에, 이렇게 능글능글하니…….”

라스콜리니코프는 공연히 소동을 일으키고 싶지 않아 부드럽게 말했다.

“대위님, 제 잘못이 있다면 사과드립니다. 저는 가난하고 병든 학생입니다. 가난에 짓눌린 학생입니다. 지금은 학비를 대지 못해 그만……. 하지만 곧 돈이 들어오게 되어 있습니다. 제 하숙집 주인은 좋은 여자입니다. 하지만 제가 과외 자리를 잃는 바람에 넉 달 치 하숙비를 내지 못하자 화가 난 것 같습니다. 식사도 주지 않고 있습니다. 그런 제가 어떻게 이 증서에 있는 돈을 갚을 수 있겠습니까? 게다가 저는 이 차용증서가 뭔지 전혀 모르겠습니다.”

그러자 서기장이 다시 주의를 주려는 듯 말했다.

“그런 것은 우리가 상관할 바가 아닙니다.”

라스콜리니코프는 다시 입을 열었다.

“아니, 제게도 해명할 기회를 주십시오. 시골에서 처음 올라왔을 때 저는 이럭저럭 그 집에서 세 해나 살게 되었습니다. 그리고, 전에…… 전에…… 그래요. 모두 털어놓겠습니다. 저는 여주인 딸과 약혼을 했습니다. 사랑에 빠졌다기보다는 제가 아직 어려서……. 어쨌든 그때 여주인에게 돈을 약간 빌렸습니다. 제가 경솔했던 탓에 아무 생각 없이 그렇게 돈을 빌려 썼고…… 그냥 그런 식으로 지낸 겁니다."

일리야 페트로비치 중위가 그의 말을 끊었다.

"아니, 그런 사생활 이야기나 듣고 있을 시간이 없소."

"하지만 어쩌다 일이 이렇게 되었는지 조금만 더 들어주셨으면……. 이런 이야기가 다 쓸데없다는 중위님 말씀이 맞지요. 하지만…… 그 처녀가 1년 전에 티푸스로 죽었습니다. 저는 여전히 세 들어 있었고요. 그런데 여주인이 친절하게 말하더군요. 저를 신용하고 있지만 그때까지 빌려준 돈 115루블에 대해 차용증서를 써주면 돈을 얼마든지 더 빌려주겠다, 절대로 내가 돈을 갚을 때까지 그 차용증을 이용하는 일은 없을 것이다……. 그래서 저는 아무 생각 없이 차용증을 써준 것이고……. 그런데 하필 제가 과외 자리도 잃고 끼니조차 잇지 못하고 있을 때 차용증을 내밀고 빚을 독촉하다니, 제가 도대체 어떻게 해야 하겠습니까?"

"그런 시시콜콜한 사정은 우리가 상관할 바가 아니고. 당신은 답변서와 약정서만 써내면 된다니까." 일리야 페트로비치가 거만하게 말했다. 그러자 서기장이 서류를 내밀며 말했다.

"자, 쓰세요."

"도대체 뭐라고 쓰란 말입니까?" 라스콜리니코프는 거칠게 말을 받았다.

"자, 내가 부르는 대로 받아 적으세요." 서기장이 말했다.

순간 라스콜리니코프에게 모든 것이 공허하게 보였다. 설령 이 순간 자신이 화형에 처하게 되더라도 두 눈 하나 깜짝하지 않을 것 같았다. 그는 서기장이 불러주는 대로 지금 당장 갚을 돈이 없으니 언제까지 갚겠다, 그때까지 이 도시를 떠나지 않겠다, 그리고 재산도 매각하지 않겠다는, 지극히 형식적인 답변서를 쓰고 서명을 했다.

그때였다. 니코짐 포미치가 흥분해서 일리야 페트로비치에게 하는 말이 그의 귀에 들어왔다. 그는 긴장해서 귀를 기울일 수밖에 없었다.

"그럴 리 없어. 두 사람은 풀려날 거야. 우선 도무지 말이 안 돼. 만일 그들 짓이라면 왜 관리인을 불렀겠나? 게다가 페스트랴코프라고 하는 대학생 말인데, 그는 친구들 세 명과 함께 그 집에 와서 관리인에게 노파가 몇 호에 사는지 물었다더군. 아니, 범행을 계획하고 왔다면 과연 그렇게 하겠어?"

"그런데 자기들이 문을 두드렸을 때는 분명히 문이 잠겨 있다고 했어요. 그런데 3분 뒤에 관리인과 함께 가보니 열려 있다고 했어요. 어떻게 된 거지요?"

"바로 그거야. 살인자는 분명 안에 있으면서 문을 잠그고 있었던 거야. 만일 코흐가 바보같이 자기도 관리인을 부르겠다고 내려가지 않았다면 범인은 반드시 그 자리에서 붙잡혔을 거야."

라스콜리니코프는 그들의 대화를 들으며 모자를 집어 들고 문 쪽으로 걸음을 뗐다. 하지만 기운이 없어 문 앞까지 갈 수 없었다. 정신을 차리고 보니 자신은 의자에 앉아 있었고 누군가 자신을 부축하고 있었다. 잠시 기절했던 게 분명했다. 그의 앞에는 니코짐 포미치가 그를 뚫어져라 바라보며 서 있었다.

"어디 불편하시오?" 그가 갑자기 물었다.

"서류 작성할 때도 기운이 하나도 없던데요. 펜도 겨우 움직일 정도였어요." 서기장이 고개를 들고 말했다.

일리야 페트로비치가 그를 날카롭게 쏘아보며 물었다.

"아픈 지 오래되었소?"

"어제부터입니다." 라스콜리니코프가 중얼거렸다.

"어제 외출했소?"

"네."

"아팠다면서?"

"네."

"몇 시에?"

"저녁 7시 지나서요."

"어디 갔었는지 물어도 되겠소?"

"산책했습니다."

"간단명료한 대답이로군."

니코짐 포미치가 일리야 페트로비치에게 주의를 주었다.

"아픈 사람 붙잡고 무슨 짓을 하려고……. 자, 이제 가보도록 하시오."

라스콜리니코프는 밖으로 나왔다. 거리에 나와서야 그는 정신을 차릴 수 있었다.

'그래, 이제 곧 가택수색이 시작될 거야. 놈들은 나를 의심하고 있어.'

그는 다시 공포에 사로잡혔다.

제9장

집으로 돌아간 그는 우선 벽지 아래 쑤셔 넣었던 물건들을 외투 주머니와 바지 주머니에 쑤셔 넣은 채 밖으로 나왔다. 귀고리인지 뭔지가 들어 있는 작은 상자 둘, 자그마한 양피 주머니 넷, 신문지에 둘둘 만 목걸이 줄, 뭔지 모르겠지만 신문지에 그냥 둘둘 말아놓은 것 등, 모두 여덟 점이었다. 물론 지갑도 챙겼다.

그는 V대로를 따라 네바강 쪽을 향해 걷기 시작했다. 사실은 어디에 그 물건들을 처분해야 할 것인지 마땅한 생각이 떠오르지 않아 막연히 그쪽을 향한 것이었다. 그가 V대로에서 광장 쪽으로 접어들었을 때였다. 갑자기 왼편에 황폐한 뜰이 눈에 들어왔다. 황량한 벽들로 둘러싸인 뜰이었다. 오른쪽으로는 이웃한 4층 집의 벽이 뜰 안쪽까지 깊숙이 뻗어 있었다. 무슨 작업 자재들을 쌓아둔 장소 같았다.

'전부 다 슬쩍 버리고 달아나기에 좋은 곳이다'라고 그는 생각하고 안으로 들어갔다. 주위를 찬찬히 둘러보니 바깥쪽 담장 바로 곁, 출입문과 벽 홈통 사이에 큼직한 돌 하나가 놓여 있는 것이 눈에 들어왔다. 문과 홈통 사이의 거리는 겨우 50~60센티미터 정도밖에 되지 않았다. 행인들이 많이 있었지만 일부러 안으로 들어오지 않는 한 그가 눈에 띌 염려는 없었다.

그는 있는 힘껏 그 돌을 들어 올렸다. 돌 밑에는 구덩이가 움푹 패어 있었다. 그는 호주머니에서 물건들을 꺼내어 모두 그 안에 넣었다. 지갑을 맨 위에 놓았는데 구덩이에는 아직 여유가 있었다. 그는 돌을 원래대로 놓고 약간 도톰해진 주변에 흙을 긁어모아 발로 다졌다. 아무런 흔적도 없었다.

그는 다시 밖으로 나와 광장을 걷기 시작했다. 그는 홀가분했다. '이제 범죄의 흔적은 깨끗이 사라졌다. 누가 그 안에 들어가서 그 돌을 들춰볼 생각을 하랴! 설사 발각이 나더라도 누가 나를 의심하랴.'

그러나 몇 걸음 가지 않아 그는 갑자기 걸음을 멈추었다. 갑자기 떠오른 생각에 스스로 놀란 것이다.

'아니, 나는 마치 아무 생각 없이 이 일을 저지른 것처럼 행동하고 있지 않은가? 원래 확고한 목표를 가지고 의식적으로 이 일을 행한 것으로 믿고 있지 않았는가? 그런데 어떻게 지갑 속을 들여다보지도 않고 그걸 묻어버렸단 말인가? 어떤 게 내 손으로 들어왔는지 확인도 안 해보았단 말인가? 도대체 무엇 때문에 이런 고통을 겪는 것이고, 그런 비열하고 추악한 짓을 저질렀단 말인가?'

그는 스스로에게 진저리를 쳤다. 자신이 지금 병을 앓고 있어서 자꾸 혼란에 빠지는 것 같았다. 도무지 어떻게 해야 할지 갈피를 잡을 수 없었다. 오직 마주치는 모든 사람들, 모든 것들을 향한 혐오감만이 일 뿐이었다. 그들의 얼굴도, 걸음걸이도, 동작도 역겹기만 했다. 그 순간 누구든 그에게 말을 걸어왔다면 그 자리에서 다짜고짜 물어뜯었을 것이다.

그가 바실리예프스키섬 안의 소(小)네바 강변길로 접어들었을 때였다. 그는 갑자기 걸음을 멈추었다.

'저 집에 그가 살고 있잖아. 이게 어떻게 된 거지? 또 라주미힌에게 찾아오다니! 정말 이상하군. 의식적으로 찾아온 거야, 아니면 우연히 그렇게 된 거야? 상관없어. 이 일이 끝나면 녀석에게 간다고 마음먹었잖은가? 그래, 가보자! 못 갈 게 뭐 있

겠는가?'

그는 5층에 있는 라주미힌의 방으로 올라갔다.

그의 친구는 자기 방에서 뭔가 쓰고 있다가 문을 열어주었다. 둘은 넉 달가량 만나지 못한 상태였다. 라주미힌은 갑자기 찾아온 친구를 보고 놀라서 말했다.

"웬일이야?"

그러더니 그는 친구의 몰골을 훑어보더니 사정을 알겠다는 듯 말했다.

"정말 곤란한 모양이로군! 나보다 더 심한 것 같아. 어서 앉아. 피곤해 보이네."

그가 자리에 앉자 친구가 말했다.

"많이 아파 보이는군." 라주미힌은 라스콜리니코프의 맥을 짚으려 했다.

"아냐 됐어. 내가 온 건…… 과외 자리라도……. 아냐, 그런 건 필요 없어……."

라스콜리니코프는 홀연 깨달았다. 지금 자기는 라주미힌뿐 아니라 그 누구라도 마주칠 기분이 아니라는 것을.

"잘 있어." 그는 그 말과 함께 자리에서 벌떡 일어나더니 문을 향해 걸어갔다.

"젠장, 이럴 거면 뭣 하러 온 거야? 자네 돌았나? 이건, 이 건…… 모욕이라고! 그대로 보낼 수 없어."

"자, 들어봐. 네게 온 건…… 너 외에는 나를 도와줄 사람이 아무도 없어서야. 새로 시작하는 걸 도와줄 사람이……. 너는 착하고 똑똑한 데다, 그 누구보다 옳은 판단을 내릴 수 있으니 까. 그런데 내게는 아무도 필요 없다는 걸 지금 알게 됐어. 알 겠나? 그 누구도, 아무것도 필요 없어. 그 누구의 도움도, 동정 도……. 나는 혼자야……. 아니야, 무조건 지겨워, 이제는……. 날 그냥 내버려둬!"

"잠깐만 이 엉터리야! 완전히 돌았군! 내가 자네에게 뭘 해 줄 수 있는지 생각이나 해보고 말하라고! 사실 과외 자리는 내 게 없어. 하지만 과외 자리 다섯 군데와도 안 바꿀 만한 자리가 있어."

이어서 라주미힌은 라스콜리니코프에게 번역 일을 귀했다. 벌이가 제법 괜찮은 일이었다. 묵묵히 선불 3루블과 책을 받아 든 라스콜리니코프는 밖으로 나왔다. 하지만 이내 라주미힌에 게로 돌아가 돈과 책을 다시 내놓고는 뒤도 돌아보지 않고 밖 으로 나갔다. 그 모습을 보고 라주미힌이 격분해서 소리쳤다.

"야, 너 정말 제정신이냐? 이게 무슨 코미디야! 나까지 돌게 만들려는 거냐! 도대체 여긴 왜 왔어, 이 망할 자식아!"

"필요 없어······. 번역 같은 건······." 라스콜리니코프는 이미 계단을 내려가며 중얼거렸다.

"젠장, 그럼 뭐가 필요하다는 거야?" 라주미힌이 계단 위에서 소리쳤다.

라스콜리니코프는 한마디 말도 없이 계단을 내려갔다.

"좋아. 어디 살고 있는 거야?"

그래도 말이 없었다.

"젠장, 꺼져버려!"

하지만 그가 그런 소리를 하기도 전에 라스콜리니코프는 이미 거리에 나와 있었다. 거리를 거닐면서, 네바강 다리 난간에 서서 강물을 바라보면서 그는 모든 사람, 모든 사물로부터 자신을 가위로 잘라낸 듯한 느낌이 들었다. 그는 여기저기 헤매다 저녁이 다 되어서야 집에 도착했다. 거의 여섯 시간 동안 돌아다닌 셈이었다. 어디를 돌아다니다 어디로 해서 집으로 왔는지 전혀 기억할 수조차 없었다. 그는 녹초가 되어 온몸을 떨면서 옷을 벗고 외투를 뒤집어썼다. 그리고 곧바로 혼수상태에 빠져들었다.

밤이 되었다. 혼수상태에 빠져 있던 그는 무시무시한 비명 소리에 잠에서 깨어났다. 이게 도대체 무슨 비명 소리일까? 그는 사람이 지르는 것 같지 않은 그런 비명을 한 번도 들어본 적이 없었다. 결코 들어본 적이 없는 울부짖음이었고 통곡이었다. 한 번도 들어본 적이 없는 구타 소리였으며 욕설이었고, 한 번도 상상해본 적도 없는 짐승 같은 소리, 광분하는 소리였다.

그는 무서움에 떨며 일어나 침대에 앉았다. 고통 때문에 숨이 멎을 것만 같았다. 구타와 울부짖음과 욕설은 점점 더 심해졌다. 그런데 한순간 그는 아연실색할 수밖에 없었다. 울부짖는 목소리가 바로 여주인의 목소리임을 알아본 것이다. 그녀는 계속 애원하고 있었다. 또렷하게 들을 수는 없었지만 그만 때리라고 애원하고 있는 것 같았다.

그녀를 때리고 있는 사내는 계속 무시무시한 목소리로 위협하며 팔을 휘두르는 듯했다. 순간 라스콜리니코프는 온몸을 바들바들 떨기 시작했다. 그 목소리의 주인공을 알아본 것이다. 그는 부지서장인 일리야 페트로비치였다. 그가 이곳에 와서 여주인을 발로 차고 머리를 계단에 쥐어박으며 때리고 있다니!

층계마다 사람들이 내다보거나 모이는 소리가 들렸다. 그들이 올라와 그의 방문을 쾅쾅 두드리고 있었다. '도대체 왜? 이거 내가 완전히 미친 거구나'라고 라스콜리니코프는 생각했다.

제9장

107

'그래, 그들이 오고 있는 거야. 바로 어제 그 일 때문에……'

그는 문고리를 걸려고 했으나 몸이 말을 듣지 않았다. 그런데 약 10분 후 그 소동이 가라앉기 시작했다. 여주인은 한숨을 내쉬고 있고, 페트로비치도 잠잠해졌다. 그가 사라지는 소리가 들렸고 여주인도 자기 방으로 돌아갔다. 밖으로 나왔던 사람들도 모두 제 방으로 돌아갔다.

라스콜리니코프는 공포감에 사로잡혀 거의 반 시간가량 그 자리에 그대로 누워 있었다. 그런데 갑자기 방 안이 환해졌다. 나스타시야가 촛불과 수프를 들고 나타난 것이다. 그녀는 촛불을 탁자 위에 놓고 가져온 접시, 숟가락, 빵, 소금 들을 늘어놓았다.

"어제부터 아무것도 안 먹었지요? 열이 있는데도 하루 종일 돌아다녔지요?"

"나스타시야, 말해줘. 왜 여주인을 때린 거지?"

그러자 나스타시야가 그를 이상한 눈초리로 쳐다보았다.

"말해봐. 누가 때린 거야?"

"누가 누굴 때려요?"

"30분 전에 부지서장인 일리야 페트로비치가 왔었잖아."

나스타시야는 아무 말 없이 눈썹을 찡그린 채 그를 한동안 바라보았다.

"나스타시야, 왜 아무 말이 없는 거야?"

마침내 그녀가 마치 혼잣말을 하듯 중얼거렸다.

"그래, 피야, 피."

"피라고! 무슨 피?" 라스콜리니코프가 새하얗게 질린 채 벽 쪽으로 물러서며 중얼거렸다. 나스타시야는 그를 빤히 쳐다보았다.

"아무도 주인마님을 때리지 않았어요." 그녀가 단호한 목소리로 말했다.

"아니야……. 내가 직접…… 들었어……. 오랫동안……. 부지서장이 왔었잖아……. 모두들 방에서 나와 계단으로 몰려들었고……." 라스콜리니코프는 겁에 질린 목소리로 말했다.

"아무 일도 없었어요. 당신 몸 안의 피가 고함을 지른 거예요. 피가 빠져나갈 수 없어 간에서 돌기 시작하면 헛것이 보이는 거예요. 먹을 거예요, 말 거예요?"

그는 아무 말 없이 있다가 마실 것을 좀 달라고 했다. 방을 나간 그녀가 잠시 후 잔에 물을 담아 가지고 돌아왔다. 그는 물을 한 모금 마시고는 또다시 의식을 잃었다.

제9장

109

제10장

그렇게 의식을 잃은 그는 며칠을 앓았다. 그동안 그는 정신이 온전히 돌아오지도 않았지만 그렇다고 완전히 의식을 잃은 것도 아니었다. 나스타시야가 자주 곁에 있었던 것도 어렴풋이 기억났으며 또 한 사람 곁에 있었던 것도 생각이 났다. 분명 아는 사람 같았지만 정작 누구인지 정확히는 알 수가 없어 초조해하던 것도 생각났다. 때로는 한 달 이상 누워 있었던 것 같기도 했고 하루밖에 안 지난 것 같기도 했다.

그가 완전히 의식을 되찾은 것은 어느 날 아침 10시경이었다. 맑은 날이었고 햇빛이 긴 띠를 이루며 방 오른쪽 벽을 지나 문가의 구석을 비추고 있었다. 침대 옆에 나스타시야가 서 있었고, 생면부지의 사람이 그 곁에서 그를 호기심에 찬 눈으로 바라보고 있었다. 문이 반쯤 열려 있었고 여주인이 문틈으로 안을 들여다보고 있었다. 라스콜리니코프는 몸을 일으킨 후 나스타시야에게 물었다.

"저 사람은 누구지, 나스타시야?"

"어머나, 정신이 들었네!" 그녀가 소리쳤다.

라스콜리니코프가 정신을 차리자 여주인은 재빨리 문을 닫고 몸을 감추었다. 마흔쯤 된 그녀는 제법 아름다운 편이었지만 내성적이었고 부끄러움을 많이 탔다.

그때였다. 문이 활짝 열리며 라주미힌이 허리를 굽히고 들어섰다. 큰 키 때문이었다. 방으로 들어서면서 그가 소리쳤다.

"이건 완전히 선실이로군! 들어올 때마다 이마를 부딪치니……. 그나저나 정신이 들었다며? 파쉔카가 방금 그러더군."

파쉔카는 여주인 프리스코바의 애칭이었다.

"방금 깨어났습니다." 낯선 사람이 미소를 지으며 말했다. 그러자 라주미힌이 그를 보며 물었다.

"그런데 누구시지요? 저는 브라주미힌이라는 사람입니다. 다들 그냥 라주미힌이라고 부르지요. 대학생이고 이 환자의 친구입니다. 댁은 누구시지요?"

"저는 협동조합 사무실에서 일하고 있는 쉘로파예프라고 합니다. 심부름할 일이 있어서 왔습니다."

"자, 이 의자에 앉으십시오." 라주미힌이 그에게 앉기를 권한 후 탁자 맞은편 의자에 앉았다. 그리고 라스콜리니코프를 향해 말했다.

"자네는 나흘째나 아무것도 먹지도 마시지도 않았어. 내가 조시모프를 두 번이나 데려왔었지. 조시모프 알지? 너를 진찰하더니 뇌에 좀 충격이 있었을 뿐 별거 아니라고 하더군. 곧 나을 거라고 했어. 자, 이제 이분께 오신 용건을 물어봐야겠네. 전에 그 사무실에서 다른 사람이 또 한 번 왔었어."

이어서 그가 다시 한번 그 협동조합원에게 용건을 물었다.

"실은 이분의 모친께서 송금한 돈이 우리 사무실에 와 있습니다. 35루블입니다. 서명을 해주시면 지금 바로 돈을 드리겠습니다."

라스콜리니코프는 서명했고 협동조합원은 돈을 놓고 돌아갔다. 그사이 밖으로 나갔던 나스타시야가 제대로 차려진 수프를 가져왔다. 라주미힌은 왼손으로 라스콜리니코프의 머리를 받치고 오른손으로 숟가락을 들고 그의 입에 떠 넣어주었다.

"이봐, 내가 자네 집을 어떻게 찾았는지 궁금하지? 자네가 하숙집 주소도 알려주지 않고 달아나자 나는 화가 나서 당장 자네 집을 찾아 나섰어. 자네를 만나서 혼을 내주려고 한 거야. 여기저기 찾다가 안 되겠다 싶어 경찰서로 갔지. 그랬더니 경찰서 주민등록부에 자네 이름이 등록되어 있더군."

"내 이름이? 주민등록부에?"

"그래. 그래서 자네를 찾아내게 된 거야. 그리고 그사이 자네 사정을 속속들이 다 알게 됐어. 니코짐 포미치도 만났고 일리야 페트로비치도 소개받았어. 물론 서기장 자묘토프도 알게 되었지. 아 참, 자묘토프는 직접 여기 오기도 했어. 나는 물론 파쉔카와도 알고 지내게 됐지…… 실로 그게 단연 압권이야!"

그러자 나스타시야가 생글거리며 한마디 했다.

"말솜씨로 잔뜩 홀려놓으셨잖아요."

"아냐, 그녀가 이겼어. 난 그녀가 그렇게 매력적인 줄은 생각도 못 했단 말이야."

라스콜리니코프는 그에게서 불안한 눈길을 떼지 않은 채 말없이 바라보고만 있었다.

"정말 매력적인 여자야. 이보게, 자네에게는 애당초 이 일을 처리할 능력이 없었던 거야……. 아니 어쩌다 밥도 안 들여다 놓게 만든 거야? 게다가 그 어음은 또 뭐야? 정신이 어떻게 되었던 거 아냐? 그런 어음에 서명을 하다니……. 뭐, 그 여자 딸

하고 약혼을 해? 완전 정신이 나갔었군……. 아무튼 그 어음이 어떻게 남에게 넘어갔는지는 자세히 말 안 하겠어. 자네 잘못도 있다고……. 자네 어머니가 갚을 수 있는 것처럼 말했으니……. 이봐, 그 어음은 내가 체바로프를 만나서 되찾아왔어. 10루블이 들었지. 실은 파셴카가 그 친구에게 빚이 있어 양도한 것도 아니야. 네게서 돈을 받아내려고 잠시 그의 힘을 빌렸을 뿐이지. 어쨌든 내가 구두로 파셴카에게 네 보증을 섰어. 자, 이 차용증서를 받아. 찢어버려도 돼. 그런데 잠자면서 무슨 헛소리를 그렇게 많이 하는 거야?"

"내가 헛소리를 했어?"

"걱정 마, 무슨 백작부인과의 사랑 이야기를 털어놓은 게 아니니까. 무슨 귀고리가 어떻고 목걸이 줄이 어떻고, 그런 이야기들이었어. 무슨 관리인 이야기도 했고, 경찰서 지서장과 부지서장 이름도 나오더군. 자네, 그리고 양말에 무척 신경을 쓰더군. 계속 처량하게 끙끙거리더군. 제발 양말을 달라고……. 자묘토프가 온 방을 다 뒤져 양말을 찾아 손에 쥐여줬지. 그제야 자네는 안심을 하더군. 그 넝마를 어찌나 손에 꼭 쥐고 있는지 도무지 빼낼 수 없을 정도였어. 이불 밑에 있을 거야. 또 바짓부리는 왜 그리 찾던지……. 눈물 흘리며 애원까지 하더군.

자, 그건 그렇고 이제 일을 시작하지. 여기 35루블에서 내가 10루블을 가져가겠어. 내가 그 돈으로 할 일이 있거든. 그동안 조시모프에게도 알려야지. 그리고 나스타시야 내가 없는 동안 자주 들여다봐요. 파쉔카에게 말해놓을 테니 필요한 것은 언제라도 갖다주고."

"파쉔카, 파쉔카라고! 정말 엉큼한 사람이야!" 라주미힌이 밖으로 나가자 나스타시야가 눈을 흘기며 말했다. 한눈에도 그녀가 라주미힌에게 푹 빠져 있음을 알 수 있었다. 그녀는 라주미힌이 여주인에게 무슨 말을 하는지 알고 싶은 궁금증을 이길 수 없어 곧바로 방에서 나갔다.

그들이 밖으로 나가자 라스콜리니코프는 자리에서 벌떡 일어났다. 그들이 없는 사이에 무언가를 꼭 해야만 할 것 같았다. 하지만 도대체 무얼 해야 한단 말인가? 그는 어쩔 줄 모르고 중얼거렸다.

'오, 하느님! 단 한 가지만이라도 가르쳐주십시오. 그들이 모든 것을 알고 있나요, 아니면 아직 모르고 있나요? 다 알고 있으면서 시치미를 떼고 있나요?'

그는 자기가 무엇을 하려고 자리에서 벌떡 일어났는지 생각이 나지 않아 우왕좌왕했다. 그때 갑자기 양말 생각이 났다. 그래, 양말! 양말은 라주미힌의 말대로 소파 이불 밑에 있었다. 그때 이후로 몹시 더러워졌고 구겨져 있었으니 자묘토프가 아무런 눈치도 채지 못했으리라.

'그런데 왜 자묘토프가 왔던 거지? 왜 라주미힌이 그를 이리로 데려온 거지?'

그는 도망이라도 가고 싶었다. 그의 눈길이 탁자로 향했다. 그 위에는 얼음, 돈들이 놓여 있었고 한쪽에 맥주병도 놓여 있었다. 아마 라주미힌이 마시다 놔둔 것이리라. 그는 한 잔 정도는 족히 남아 있는 맥주를 단숨에 병째 들이켰다. 그리고 맥주 기운에 잠이 엄습해왔다. 그는 부드러운 솜이불로 몸을 감싸고는 깊은 잠에 빠져들었다.

얼마나 지났을까, 그는 누군가가 들어오는 소리에 잠에서 깨어났다. 눈을 떠보니 라주미힌이 들어올까 말까 망설이며 문 앞에 서 있었다. 라스콜리니코프는 재빨리 소파에서 몸을 일으킨 후 뭔가 생각해내려는 듯 그를 바라보았다.

그러자 라주미힌이 아래쪽을 향해 소리쳤다.

"나스타시야! 보따리 좀 갖다줘!"

"몇 시지?" 라스콜리니코프가 불안한 표정으로 물었다.

"엄청 잤어. 저녁 6시는 됐을걸. 여섯 시간 이상은 잔 거야."

그러면서 라주미힌은 나스타시야가 가져온 보따리를 풀기 시작했다.

"널 사람답게 만들기 위해서 내가 생각해낸 거야"라고 말하며 그는 그 안의 물건들을 하나씩 꺼냈다. 보따리 안에서는 모자, 여름 바지, 구두, 세 벌의 셔츠가 나왔다. 라주미힌은 그 옷들을 꺼내면서 일일이 가격을 말했다. 모두 9루블 55코페이카였다.

그가 계속했다.

"외투는 아직 입을 만하니까 됐고, 양말이나 기타의 것들은 네가 알아서 사도록 해. 돈이 25루블이나 남았잖아. 파쉔카에게 진 빚이나 하숙비는 걱정할 것 없어. 무한 신용이니까. 자, 여기 거스름돈 45코페이카가 있어. 어서 옷을 갈아입도록 해."

"다 필요 없어!" 라스콜리니코프는 대번에 손을 내저었다. 그러자 라주미힌과 나스타시야가 그에게 억지로 셔츠부터 입히기 시작했다. 라스콜리니코프는 그냥 베개 위에 쓰러져 있었다.

"돈이 어디 있었어? 제법 큰돈인데……." 벽을 바라보며 이윽고 그가 말했다.

"무슨 돈이냐고? 기가 막혀서! 네 어머니가 보내주신 돈이지. 협동조합에서 왔던 거 생각 안 나? 벌써 잊어버렸어?"

제10장
117

"아, 이제 생각나……." 라스콜리니코프가 잠시 생각에 잠겨 있다가 말했다. 라주미힌은 얼굴을 찡그리고 불안한 표정으로 그를 바라보았다.

그때 문이 열리며 키 크고 건장한 남자가 들어왔다. 라스콜리니코프도 어렴풋이 알 만한 사람이었다.

"아, 조시모프! 드디어 왔군!" 라주미힌이 기쁘게 소리쳤다.

제11장

조시모프는 키 크고 뚱뚱한 사나이였다. 좀 부은 듯한 창백한 얼굴에 금발이었다. 나이는 스물일곱 정도였다. 안경을 쓰고 있었으며 두툼한 손가락에는 금반지를 끼고 있었다. 그는 까다로운 성격이라고 알려져 있었지만 자기 일에서는 유능했다.

그는 라스콜리니코프의 얼굴을 살펴보고 맥박을 짚어보더니 말했다.

"정상이야. 이제 뭐든 줘도 좋아. 물약도 필요 없어. 내일 내가 다시 와보지. 하긴 오늘 올 수도 있고…….."

"내일 저녁에 이 친구와 산책하려고 했는데, 괜찮을까?"

"내일까진 움직이지 않는 게 좋을 텐데……. 하지만 약간이라면……. 어쨌든 내일 두고 보자고…….."

"그거 유감인데……. 바로 오늘 내 집에서 집들이가 있는데……. 이 친구도 왔으면 하는데……. 그냥 소파에 누워 있으면 되잖아……. 자네는 올 거지? 잊지 마. 오기로 약속했으니까."

"아마 좀 늦을 거야. 뭘 준비했는데?"

"별거 없어. 차와 보드카와 청어. 파이도 좀 준비했어. 그냥 친구들 모임이야."

"정확히 누가 오는데?"

"뭐 이곳 사람들이지. 대개 다 초면일 거야. 숙부님은 본 적이 있나? 아니, 그분도 초면일 거야. 무슨 일이 있다며 어제 페테르부르크에 오셨어. 5년에 한 번 정도 뵐까 말까야. 작은 지방에서 우체국장으로 평생을 보내신 분이지. 참, 포르피리 페트로비치도 올 거야. 예심판사지……. 수사관이기도 하고……. 아마 자네도 알걸."

"자네 친척이라며?"

"아주 먼 친척뻘이야. 그런데 왜 그렇게 얼굴을 찡그리는 거야? 전에 한 번 싸운 적이 있어서? 그래서 안 오겠다는 거야?"

"그런 친구 오건 말건 상관 안 해."

"잘됐군. 학생들도 있을 거고, 선생 한 명, 공무원 한 명, 음악가, 장교, 그리고 경찰서의 자묘토프……."

"그런데, 이봐, 제발 말 좀 해봐. 자네나 저 친구하고……." 조시모프는 라스콜리니코프를 턱으로 가리켰다. "그 자묘토프인가 하는 사람하고 도대체 무슨 공통 관심사가 있단 말인가?"

"이런 까다로운 친구하고는……. 또 그놈의 원칙……. 그저, 원칙밖에 모르는군. 내가 보기에 그는 좋은 사람이야. 그게 내 원칙이기도 하지. 그 밖에는 더 알고 싶지도 않아. 그는 아주 멋진 친구야."

"사리사욕이나 채우는 사람들 아니야?"

"어허, 그래서 어쩼다는 거야? 내가 언제 그가 사리사욕 안 채운다고 했어? 그냥 좋은 사람이라는 것뿐이야. 정 그렇게 나오겠다면 말해주지. 그 사람과 나를 엮어줄 공통 관심사가 있다고!"

"그게 뭔데?"

"건물 칠장이 이야기야. 그를 반드시 구해내야 해. 어려울 것도 없어. 너무 뻔하거든. 해결책만 찾으면 돼."

"갑자기 칠장이 얘기는 또 뭐야?"

"뭐야, 내가 이야기 안 해줬던가? 아, 그렇구나. 지금 처음 이야기하는 거지……. 전당포 노파 살인 사건 이야기야……. 거기 그 칠장이가 말려들었어."

"아, 그 사건? 나도 들었어. 나도 관심이 있고……. 그럴 일이 좀 있기도 하고……. 신문에서 읽었어……. 그런데……."

그때 나스타시야가 갑자기 라스콜리니코프를 향해 큰 소리로 말했다. 그녀는 문가에 기대서서 그들의 이야기를 듣고 있었던 것이다.

"리자베타까지 죽였어요! 물건 팔러 다니던 리자베타요! 아래층에도 왔던 여자요. 당신 셔츠도 고쳐주었잖아요."

"리자베타를?" 라스콜리니코프가 들릴락 말락 한 목소리로 중얼거리며 벽 쪽으로 돌아누웠다. 그리고 몸을 꼼짝하지도 않고 벽지의 꽃무늬를 뚫어져라 바라보고 있었다.

"그래서 그 칠장이가 어쨌다는 거야?"

"그가 살인 혐의를 받고 있다고!"

"그래? 무슨 증거가 있나?"

"증거는 무슨 증거. 이건 마치 처음에 코흐와 페스트랴코프를 체포해서 혐의를 씌운 거하고 똑같아. 젠장, 일을 얼마나 멍청하게 처리하고 있는지 속이 다 뒤집힐 정도라니까……. 그런데, 로쟈, 너도 이 사건에 대해 알고 있을 거야. 네가 경찰서에서 기절하기 바로 전날 저녁에 일어난 사건이라고."

라스콜리니코프는 여전히 꼼짝하지 않았다.

조시모프가 다시 라주미힌에게 재촉했다.

"그래, 어디 그 칠장이 이야기나 계속해보라고."

"알았어."

이어서 라주미힌은 조시모프에게 자초지종을 이야기했다.

살인이 난 지 사흘째 되는 날이었다. 살인이 벌어진 집 맞은편에서 술집을 하고 있는 두쉬킨이라는 사나이가 경찰서를 찾아왔다. 그는 금귀고리가 든 보석 상자를 내놓으며 이야기를 늘어놓았다. 그저께 저녁 8시가 조금 지났을 때 평소에 알고 지내던 니콜라이가 그 상자를 들고 나타났다는 것이었다. 니콜라이는 길에서 그 상자를 주웠다며 그걸 담보로 2루블을 빌려달라 했다. 두쉬킨은 두말 않고 1루블을 내주었다. 니콜라이는 바로 그 문제의 칠장이로서 그는 미트레이와 함께 노파가 살고 있는 아파트에서 칠장이 일을 하고 있었다.

이튿날 두쉬킨은 전당포 노파가 살해되었다는 소식을 듣고 '이건 틀림이 없다'라고 생각하고 경찰로 찾아온 것이었다.

"뭐, 그 친구가 분명 범인이겠군. 두쉬킨 생각대로 틀림이 없네." 조시모프가 말했다.

그러자 라주미힌이 말했다.

"잠깐 이야기를 좀 더 들어보라고."

그는 이야기를 계속했다.

경찰은 두쉬킨을 더 심문하고 미트레이도 심문했다. 그리고 그저께 니콜라이를 붙잡아 올 수 있었다. N시 세관 근처 여인숙에서였다. 그는 그 여인숙에 들어와 은 십자가를 주더니 여주인에게 보드카를 달라고 했다. 여주인이 술을 가지러 갔다 오니 그는 외양간에 목을 매달려는 참이었다. 여주인이 소리를 지르자 사람들이 몰려왔고, 그는 이곳 구역 경찰서로 데려가달라고, 다 고백하겠다고 말했고, 결국 이곳 경찰서로 끌려왔다. 그리고 경찰의 강압적인 심문 끝에 그는 그 물건을 길에서 주운 것이 아니라 노파의 방에서 가지고 나왔다고 자백했다.

"자네 이야기를 들으니 그자가 범인인 게 더 확실해지는군. 도대체 뭐가 문제라는 건가? 증거물도 명백히 존재하고……."

"나는 지금 증거에 대해 이야기하고 있는 게 아니야. 경찰의 자세를 문제 삼는 거라고. 그들은 니콜라이를 족치고, 족치고 또 족쳐서 자백을 얻어냈어. 실은 길에서 주운 게 아니라는 자백 말일세. 게다가 그가 겁이 나서 자살까지 하려 했으니 너무 명백한 것처럼 보였지. 그런데 중요한 건 어떻게 해서 그 방에서 그 물건을 얻을 수 있었냐는 거야. 내가 들은 바를 다시 정리해서 들려줄게."

경찰이 심문하자 니콜라이는 그 상자를 미트레이와 함께 페인트칠을 하던 방에서 발견했다고 했다. 그는 미트레이와 종일 페인트칠을 하고 돌아갈 준비를 하고 있었다. 그런데 미트레이가 장난기가 발동했는지 니콜라이의 얼굴에 솔로 페인트칠을 해버리고 도망을 갔다. 그는 소리를 지르며 뒤쫓아갔다. 계단에서 문간으로 나가다가 관리인에게 부딪혔고 여러 사람들과 부딪혔다. 그는 미트레이를 붙잡고 주먹질을 해댔다. 둘은 싸우는 것처럼 보였지만 실은 장난을 친 것이었다. 이윽고 미트레이가 그에게서 빠져나와 큰길로 도망가자 니콜라이는 그의 뒤를 따라 뛰어갔다가 연장을 챙기려고 다시 일하던 방으로 갔다. 그는 거기서 미트레이를 기다릴 작정이었다. 그런데 현관문 옆 한구석에 있던 조그만 상자가 발에 밟혔다. 상자를 열어보니 작은 귀고리가 있었다. 그는 미트레이와의 일은 다 잊어버리고 그 귀고리를 들고 두쉬킨에게 갔다.

그는 경찰에서 그 모든 것을 다 털어놓았지만 한사코 살인에 대해서는 모르는 일이라고 했다. 왜 자살을 하려 했느냐고 다그치자 나중에 전당포 노파 살인 사건에 대해 알게 되었고 그러자 재판이라도 받을까봐 그만 겁이 더럭 나서 그랬다는 것이었다.

이야기를 다 마친 후 라주미힌이 말했다.

"자네, 의사지? 그렇다면 인간의 본성을 연구할 의무가 있지? 자, 니콜라이의 이야기가 조금도 거짓이 아니라는 걸 알겠지? 그는 그의 말 그대로 그 상자를 우연히 밟은 거야. 그런 친구가 그런 이야기를 꾸며댈 수 있겠어? 자, 들어봐. 그가 미트레이와 옥신각신하던 걸 본 사람이 한둘이 아니야. 게다가 그들이 큰 소리로 웃으면서 장난하고 있었다고 말했어. 도대체 그가 범인이라면 방금 전에 살인을 저지르고 그럴 수 있었다고 생각해? 그게 세심하고 교활한 범인이 가질 수 있는 태도야? 아직 시체에서 온기가 가시지도 않았는데 사람들이 보는 앞에서 친구와 낄낄거리며 장난할 수 있다고 생각해?"

"그건 불가능하지. 하지만……."

"하지만이 아니야. 이건 아주 근본적인 문제라고……. 반박의 여지가 없는 사실이야. 그런데 경찰에서는 그것을 그가 유죄임을 입증하는 모든 증거들을 뒤엎어버릴 결정적인 사실로 받아들이지 않아. 상자가 발견되고, 그가 목을 매려 했다, 죄가 없다면 목을 매려 했겠느냐는 논리에만 집착하지. 내가 분개하는 건 그 때문이라고."

"하지만 사건이 벌어졌을 당시 그들이 일하고 있는 모습을 본 사람이 아무도 없으니……. 정말 불리하군. 그가 무죄라는 증거는 둘이 킬킬거리며 장난하고 있었다는 사실밖에 없으니……. 그런데 그 귀고리가 어떻게 그들이 일하던 방에 있었던 걸까? 자네는 그걸 어떻게 설명하겠나?"

"그거? 너무 빤한 것 아닌가? 설명하고 자시고 할 것도 없어. 그 상자는 진짜 살인범이 떨어뜨린 거야. 코흐와 페스트랴코프가 그 문을 두드렸을 때 범인은 안에 있었어. 둘 다 자리를 비운 틈을 타 방에서 빠져나와 잠시 페인트칠을 하던 빈방에 숨은 거지. 그리고 관리인과 그 두 명이 위로 올라간 사이 태연하게 빠져나온 거야. 칠장이 두 명이 거리로 달려나간 사이에 그는 그 집에서 나온 거지. 그 상자는 범인이 문 뒤에 숨어 있을 때 떨어뜨린 거야. 경황이 없어서 알아차리지 못했겠지."

"정말, 너무 교묘해. 너무 착착 맞아떨어져."

조시모프가 그 말을 했을 때였다. 누구와도 일면식이 없는 사람 한 명이 방으로 들어왔다.

제12장

　젊지 않은 나이에 꽤나 격식을 차리고 까다롭게 보이는 남
자였다. 그는 너무 초라한 방에 놀란 듯 잠시 주위를 둘러보더
니 라스콜리니코프를 뚫어져라 바라보았다. 그런 후 면도도
하지 않은 라주미힌의 얼굴을 바라보았다. 라주미힌은 넉살
좋은 눈빛으로 그의 얼굴을 똑바로 쏘아보다시피 했다.

　사내는 이 방에서 거드름을 피워봤자 소용이 없다는 것을
금세 깨달은 듯 태도를 약간 누그러뜨리고 조시모프를 향해
또박또박 말했다.

　"이 방에 혹시 전에 대학생이었던 로지온 로마노비치 라스
콜리니코프 씨라고 계신가요?"

　라주미힌이 조시모프 대신 재빨리 대답했다.

"저기 소파에 누워 있습니다. 무슨 일입니까?"

"내가 라스콜리니코프입니다. 무슨 일이지요?"

라스콜리니코프는 처음에는 아무 반응 없이 그 사내를 응시하고 있다가 벌떡 몸을 일으키며 말했다. 얼굴에는 공포심에 가까운 의혹의 빛이 떠올라 있었다.

그러자 그 사내가 말했다.

"표트르 페트로비치 루쥔입니다. 제 이름을 전혀 모르고 계시리라고 생각되지는 않습니다만……."

전혀 다른 예상을 하고 있었던 라스콜리니코프는 멍하니 그를 바라보고만 있을 뿐 그런 이름은 처음 들어본다는 표정이었다.

표트르 페트로비치가 당황한 표정을 짓자 라주미힌이 설명해주었다.

"뭐, 당황하실 것 없습니다. 저 친구는 벌써 닷새째 앓아누워 있습니다. 이제 겨우 정신이 돌아왔으니 뭐든 말씀하세요."

"저는 일부러 당신을 늦게 찾아온 건데……. 그런데 이제 보니…… 모친께서는 제가 그곳에 있을 때 이미 당신께 편지를 쓰신 걸로 아는데……."

라스콜리니코프는 여전히 아무 말 없이 거의 무례하다 싶을 정도로 그를 뜯어보았다. 그러더니 히죽 한 번 웃음을 흘리고 고개를 들어 천장을 응시했다.

루쥔은 그의 이상한 행동에 신경을 쓰지 않기로 결심한 듯, 꾹 참고 이야기를 계속했다.

"이렇게 병중인 줄 알았으면 진작 찾아오는 건데……. 하지만 워낙 바빠서……. 원로원에 중요한 업무도 있고……. 저는 지금 당신 모친과 누이를 목이 빠지게 기다리고 있는 중입니다. 두 분이 묵으실 숙소도 이미 잡아놓았습니다."

그제야 라스콜리니코프가 겨우 입을 떼고 기어들어가는 목소리로 말했다.

"어디에……?"

"여기서 아주 가깝습니다. 바칼레예프 건물입니다."

그러자 라주미힌이 재빨리 말을 가로챘다.

"보즈네센스키 거리에 있는 거로군. 나도 잘 알아. 아주 끔찍한 곳이야. 악취 나고 수상쩍은 곳이지. 어떤 놈이 묵고 있는지도 모를 곳이야. 어쨌든 싸긴 싸."

"저는 이곳이 처음이라 그런 사정은 알 수가 없었습니다. 하지만 제가 얻은 방 둘은 깨끗합니다. 게다가 잠시 머물 곳이니까. 앞으로 함께 살 집도 미리 봐두었습니다. 여기서 가까운 곳입니다. 립페베흐젤 여사의 집인데 지금 수리 중입니다."

이어서 루쥔은 장황하게 자신은 젊은이들과 지내는 것을 좋아한다, 젊은이들에게서는 무엇보다 비판의식을 발견할 수 있다, 이 시대는 과거와 절연하고 새로운 세상을 맞이하고 있다, 중요한 것은 무엇보다 경제관념이다, 라고 일장 연설을 늘어놓았다.

라스콜리니코프는 도중에 "아예 마음에 새겨놓았다 말하는군"이라고 빈정거렸고 라주미힌도 반응이 시원치 않았다. 그는 좀 전에 조시모프와 나누던 이야기나 계속할 속셈으로 아예 조시모프 쪽으로 몸을 돌려버렸다. 루쥔은 방에서 나가는 것이 상책이라고 생각하고 라스콜리니코프를 향해 말했다.

"이제 이렇게 관계를 맺었으니, 당신이 쾌차한 후에는 더욱 돈독해지기를 바랍니다······. 무엇보다 건강에 유의하십시오."

라스콜리니코프는 고개조차 돌리지 않았다. 루쥔은 일어나려 했다.

그때 조시모프가 라주미힌에게 단호한 어조로 말했다. 그들은 다시 살인 사건 이야기를 하고 있었던 것이다.

"틀림없이 전당포 고객이 죽인 거야!"

"맞아. 틀림없어." 라주미힌이 맞장구를 쳤다.

제12장

131

"정말 용의주도하고 노련한 악당임에 틀림없어." 조시모프의 말이었다. 그러자 라주미힌이 반박했다.

"아냐, 절대로 그렇지 않아. 그래서 사람들이 갈팡질팡하고 있는 거라고. 내가 보기엔 분명 초범이야. 절대로 노련하지가 않다고. 우연 덕분에 곤경에서 빠져나간 거라니까. 생각해봐. 고작 10루블, 20루블짜리 물건이나 챙겨서 넣었잖아. 노파의 트렁크 속 하찮은 물건이나 뒤지고……. 서랍장 제일 위 칸 귀중품 함에 채권 말고도 현금이 1,500루블이나 있었는데 손 하나 대지 않았잖아. 그러니 훔치는 데는 미숙하고 그저 살인이나 저지른 거야. 계산하고 도망친 게 아니야. 혼비백산해 있는 가운데 운이 좋아 빠져나간 거지."

그러자 밖으로 나가려던 루쥔이 끼어들었다.

"얼마 전에 일어난 전당포 노파 살인 사건 이야기를 하고 계시는군요."

"그렇습니다. 당신도 들으신 모양이군요."

"그럼요. 바로 이웃에서 일어난 사건인데요. 자세히는 몰라도 관심은 있습니다. 당신들 말을 듣자니 범인이 상류층 사람일 수도 있겠네요. 농부들이 금붙이를 전당 잡히는 일은 없으니까요. 문명화된 사회에서 상류층 사람들도 타락할 수 있다는 건 큰 사회문제입니다. 이 문제에 대해서 어떻게 생각하십니까?"

그러자 라주미힌이 말했다.

"어떻게 생각하느냐고요? 주도적 가치관이 없기 때문에 벌어진 것이지요."

"무슨 말씀이신지?" 루쥔이 물었다.

"채권을 위조한 어떤 사람이 왜 그런 짓을 했느냐고 물으니까 이렇게 대답했답니다. '모두들 여러 가지 방법으로 부자가 되고 있으니까 나도 빨리 부자가 되고 싶었습니다'라고요. 요는 일하지 않고 공짜로 빨리 부자가 되고 싶은 거지요."

"하지만 그렇게 된다면 도덕은요? 그리고 법은……."

그때였다. 뜻밖에도 이제까지 잠자코 있던 라스콜리니코프가 끼어들었다.

"당신이 무슨 걱정이오? 당신 생각이 바로 그런 건데……."

"아니, 무슨 그런 말을……. 무엇보다 경제가 중요하다는 말이 곧 살인해도 좋다는 것은 아니잖소?"

그러자 라스콜리니코프가 분노에 찬 목소리로 외쳤다.

"그래, 당신이 이런 말을 한 게 사실인가? 당신이 신부가 될 아가씨에게 결혼 동의를 받은 바로 그때…… 무엇보다…… 그

제12장

133

아가씨가 비렁뱅이라서…… 기쁘다고 한 게…… 결혼 후 군림할 수 있어서…… 자기가 은혜를 베푼 것을 내세워 얼마든지 마음대로 질책할 수 있다고 한 게…… 그게 사실인가?"

루쥔이 분노로 얼굴이 새빨개졌다.

"당신이 내 생각을…… 내 생각을…… 그렇게 곡해하다니……. 아니, 누가 그런 근거 없는 말을……. 바로 당신 모친이…… 훌륭한 성품을 지니고 계시다고 생각했는데……. 좀 낭만적이다 싶더니…… 그렇게 내 말을 곡해하고 계실 줄이야……."

그러자 라스콜리니코프가 몸을 일으키더니 번득이는 눈초리로 그를 쏘아보며 말했다.

"잘 들어! 잘 들으라고!"

"뭘?"

"다시 한마디라도 했다간…… 감히 다시…… 어머니에 대해서 말하면…… 계단 아래로 던져버리겠다!"

"왜 이러는 거야!" 라주미힌이 소리쳤다.

루쥔은 얼굴이 하얘져서 입술을 깨물었다.

"음, 그랬었군. 잘 알겠어. 내 말을 잘 들으시오." 그는 숨을 고르려고 안간힘을 다하고 있었지만 여전히 숨을 헐떡이고 있었다. "내가 이 방에 들어설 때부터 알고 있었지. 당신이 내게 적의를 품고 있다는 걸. 환자인 데다 한 가족이 될 처지라서 참으려 했지만…… 이렇게 된 이상…… 이제…… 당신은…… 절대로……."

"난 환자가 아니야!" 라스콜리니코프가 소리쳤다.

"그렇다면 더더욱……."

"꺼지지 못해!"

루쥔은 그의 고함 소리가 멎기도 전에 이미 모자를 손에 들고 밖으로 나서고 있었다.

"아니, 어떻게 그런 짓을? 어떻게?" 라주미힌은 어리둥절한 가운데 고개를 절레절레 흔들었다. 그러자 라스콜리니코프가 악을 썼다.

"모두 나를 좀 내버려둬! 이제 나를 좀 내버려두라고! 그만 좀 괴롭히란 말이야! 난 너희들 모두 무섭지 않아! 이제 아무도 무섭지 않다고! 어서 모두 꺼져! 난 혼자 있고 싶단 말이야. 혼자, 혼자, 혼자!"

둘은 고개를 끄덕이고 밖으로 나왔다. 머뭇거리던 나스타시야가 라스콜리니코프에게 차라도 갖다줄까 물었다.

"나중에! 지금은 자고 싶어! 날 좀 내버려둬!"

제12장

135

그는 벽을 향해 몸을 홱 돌렸다. 나스타시야는 도망치듯 방에서 나왔다.

제13장

나스타시야가 밖으로 나가자 그는 일어나서 문에 빗장을 걸었다. 그리고 라주미힌이 사 온 옷 보따리를 풀고 옷을 갈아입기 시작했다. 이상하게도 그는 갑자기 침착해진 것 같았다. 아까 같은 반미치광이 같은 기분도 사라졌고 계속 그를 따라다니던 공포도 사라졌다. 놀라울 정도로 갑자기 찾아온 평정의 순간이었다. 그의 모든 동작이 정확했고 단호했다. 그는 스스로 확실한 의도를 느끼고 있었다.

'그래, 바로 오늘이야! 바로 오늘이라고!' 그는 속으로 중얼거렸다.

옷을 다 갈아입은 후 그는 탁자 위의 돈을 주머니에 넣었다. 모두 25루블이었다. 그는 라주미힌이 옷을 사고 남겨온 5코페이카짜리 동전들도 모두 챙겨 넣었다. 1분 뒤에 이미 그는 거리에 있었다.

8시 무렵이었고 해가 지고 있었다. 날은 여전히 숨 막힐 듯 무더웠다. 그러나 그는 이 오염된 도시의 악취와 먼지로 가득 찬 공기를 흠뻑 들이마셨다. 그는 어디로 가야 할지 생각도 하지 않았고 알지도 못했다. 그에게는 오로지 한 가지 생각뿐이었다.

'그것을 바로 오늘, 지금 당장, 단번에 끝장내야 한다. 그러지 않고는 집으로 돌아가지 않겠다. 이런 식으로 살 수는 없다.'

하지만 어떻게 무엇으로 끝낼 것인가에 대해서는 아무 생각도 없었다. 그는 그 무엇이건 깊은 생각을 피하고 있었다. 견디기 어렵기 때문이었다. 그는 다만 느끼고 있을 뿐이었고 그 느낌으로 모든 것이 어떤 식으로건 바뀌어야 한다는 것을 알고 있었다. 그는 '어떤 식으로건'이라고 단호하게 되뇌었다.

그는 버릇대로, 평소 거닐던 산책로를 거쳐 곧장 센나야 광장으로 향했다. 그는 그곳에서 아버지의 손풍금 반주에 맞추어 노래를 부르고 있는 소녀에게 5코페이카를 주었으며, 한참을 거닐다가 어느 술집으로 들어갔다. 그는 보드카를 갖다줄 것인지 묻는 종업원에게 차를 주문하고 닷새 치 신문도 갖다달라고 했다.

종업원이 차와 신문들을 가져오자 그는 차를 마시며 떨리는 손으로 신문에서 전당포 살인 사건 기사를 찾기 시작했다.

그때였다. 누군가가 바로 옆에 와서 앉았다. 그는 힐끗 쳐다보았다. 바로 경찰 서기장 자묘토프였다. 전처럼 깨끗한 옷차림의 그는 기분이 좋아 보였다. 그는 라스콜리니코프를 보자 놀란 듯 말했다.

"아니, 어떻게 이런 곳에? 아직 정신이 안 들었다고 어제 라주미힌에게 들었는데……. 저도 댁에 갔었습니다."

"알고 있습니다. 양말을 찾아주셨다죠." 라스콜리니코프도 명랑하게 말했다.

"아, 네, 신문을 보고 계셨군요. 무슨 기사를 읽고 계셨지요? 화재 기사가 많이 났지요?"

"아, 난 화재 기사를 읽고 있는 게 아닙니다. 내가 무슨 기사를 읽고 있는지 궁금하고 수상하지요? 이렇게 지난 신문들을 잔뜩 가져오게 해서……."

"글쎄요……."

"자, 내가 뭘 읽고 있었는지 고백하지요. 아니 고백이 아니라 진술이라고 합시다. 필요하면 받아 적든지……. 나는 늙은 과부

제13장

139

의 살인 사건을 읽고 있었습니다.”

라스콜리니코프는 자기 얼굴을 자묘토프의 얼굴에 바싹 갖다 대고 말했다. 자묘토프도 그의 얼굴을 똑바로 바라보고 있었다. 둘은 거의 1분 가까이 그렇게 서로를 바라보고 있었다. 이윽고 자묘토프가 의혹에 찬 목소리로 외쳤다.

“아니, 당신이 뭘 읽고 있건 간에 그게 나와 무슨 상관이라는 거지요?”

“내가 읽고 있는 게 바로 그 노파 사건이란 말이오. 경찰서에서 그 이야기가 나왔을 때 내가 정신을 잃었던 바로 그 사건! 이제 아시겠소?” 라스콜리니코프는 속삭이듯 말했다.

자묘토프는 여전히 어리둥절한 표정이었다. 그러자 라스콜리니코프가 갑자기 발작적으로 웃음을 터뜨렸다. 그러고는 다시 침울한 표정으로 생각에 잠겼다. 둘 사이에는 침묵이 흘렀다. 그러자 그 어색한 침묵을 깨려는 듯 자묘토프가 말했다.

“차가 식는데 드시지요. 어쨌든 그 살인범은 잡을 수 있습니다. 돈을 훔치지도 못한 범행 솜씨로 봐서 서툰 놈인 게 뻔하니까요.”

“뻔하다고? 그럼 어서 잡아보시지. 당신들은 누가 돈을 갑자기 펑펑 쓰는지 유심히 살피겠지. 한 푼도 없던 놈이 갑자기 돈을 쓰기 시작한다, 그러니 저놈이 틀림없다, 이런 식이겠지. 하지만 과연 범인이 그렇게 할까? 그렇게 경솔할까? 나라면 이렇게 할걸. 어디 외진 곳, 사람이 드나들지 않는 곳으로 가겠지. 그곳에 있는 돌 하나를 잘 봐두었다가 그 돌을 들어 올리고 움푹 들어간 구덩이에 전부 숨길걸. 그리고 몇 년 동안 손도 안 대고 그대로 둘걸. 자, 그래도 당신들 식으로 범인을 찾아낼 수 있겠소?"

"당신 미쳤군요." 자묘토프가 속삭이듯 말했다. 라스콜리니코프는 자묘토프를 향해 몸을 기울이더니 아무 말도 하지 않은 채 입술을 달싹이기 시작했다. 그는 자기가 무슨 짓을 하려는지 알고 있었다. 하지만 그는 자신을 억제할 수 없었다. 무서운 말이 그의 입술 위에서 미친 듯 몸부림치고 있었다. 그 말이 금방 튀어나올 것 같았다. 혀를 놀리기만 하면!

"이봐요, 그런데 만일 내가 노파와 리자베타를 죽였다면?" 그는 갑자기 입을 놀리고는 정신이 번쩍 들었다.

자묘토프는 깜짝 놀라 그를 바라보더니 얼굴이 파랗게 질린 채 일그러진 미소를 지었다.

"무슨 그런 말도 안 되는 소리를!"

라스콜리니코프는 매서운 눈초리로 그를 쏘아보았다.

제13장

"솔직히 말해봐요. 그렇게 믿었지요?"

"무슨 소리를? 그런 생각은 해본 적도 없고, 더더욱 지금은 더 믿고 있지 않아요."

라스콜리니코프는 종업원을 불러 얼마냐고 물어보았다. 종업원이 30코페이카라고 하자 그는 팁으로 20코페이카를 얹어 준 후 떨리는 손을 자묘토프에게 내밀면서 말했다.

"자, 봐요. 돈이 굉장히 많지? 붉은색, 푸른색 지폐들! 모두 25루블이오. 이게 어디서 났을까? 이 새 옷들은 어디서 났을까? 당신도 알다시피 전에는 땡전 한 푼 없었는데! 하긴 하숙집 여주인을 벌써 심문했는지도 모르지······. 뭐, 관둡시다. 너무 말이 많았어. 자, 그럼 이만······."

그는 기묘하게 흥분한 상태로 술집에서 나왔다. 그의 몸은 떨리고 있었지만 한편으로는 묘한 쾌감도 느끼고 있었다. 하지만 극도로 우울하고 피곤했다.

그가 밖으로 나가려던 순간 그는 출입구 층계에서 라주미힌과 마주쳤다. 라주미힌은 이런 곳에서 그와 마주친 것에 어안이 벙벙했지만 잠시 후 그의 눈에 분노의 불꽃이 이글거렸다. 그는 고래고래 소리쳤다.

"아니, 이런 데 있던 거야! 침대에서 몰래 빠져나와서! 그런 걸 소파 밑, 다락까지 뒤지다니! 도대체 어떻게 된 거야? 어서 이실직고하라고!"

"너희들이 지겨워져서 혼자 있고 싶다는 뜻이지." 라스콜리니코프가 조용히 말했다.

"혼자? 아직 제대로 걷지도 못하는 주제에! 백지장 같은 낯짝에 숨도 헐떡이는 그 꼬락서니로! 이런 멍청이 같으니……." 라주미힌이 여전히 흥분을 가라앉히지 못하고 말했다.

라스콜리니코프는 자기를 내버려두라는 말과 함께 그를 지나치려 했다. 마침내 라주미힌이 이성을 잃고 친구의 어깨를 잡고 외쳤다.

"내버려두라고? 그런 말이 나와? 집으로 끌고 간 다음 문을 잠가버리겠다!"

라스콜리니코프는 그를 바라보며 침착하게 말했다.

"이봐, 라주미힌! 내가 자네의 보살핌을 원치 않는다는 걸 모르겠나? 지겹다는 사람에게 왜 그렇게 호의를 베풀겠다는 거야? 그런 게 정말 견디기 어렵다는 사람에게……. 처음 내가 아팠을 때 왜 그렇게 나를 찾았어? 차라리 그때 죽게 내버려두었으면 좋았을 텐데……. 이봐, 자네는 날 괴롭히고 있는 거야. 그건 내 건강에도 안 좋아. 내 눈을 봐! 이렇게 애걸하고 있잖

제13장

143

아. 제발 귀찮게 굴지 말고 내게 뭘 베풀겠다는 생각을 말아달란 말이야. 날 배은망덕한 놈이라고 욕해도 좋고, 나쁜 놈이라고 침을 뱉어도 좋아! 제발 부탁이니 그만 나를 내버려둬! 내버려두라고!"

라주미힌이 그의 어깨를 잡았던 손을 풀며 우울하게 말했다.

"좋아. 어디 네 맘대로 꺼져버려! 입만 나불거리는 허풍쟁이 같으니! 한마디만 하지. 오늘 우리 집에서 집들이가 있는 건 알고 있지? 이 똑똑한 척하는 바보 같으니! 이렇게 돌아다니느니 우리 집 소파에 푹 기대어 쉬는 게 나을 거야……. 조시모프도 올 거야……. 올 거지?"

"안 가!"

"넌 올 거야. 내기를 해도 좋아. 안 오면 절교야. 포친스키 집 47호야, 바부쉬킨의 아파트! 그런데 저 안에 혹시 자묘토프가 있어?"

"있어."

"이야기를 나눴어?"

"응."

"무슨 얘기? 젠장, 좋아. 내가 가서 만나보지. 어쨌든 이따가 오라고."

그는 방금 라스콜리니코프가 나온 술집 안으로 들어갔다.

라주미힌과 헤어진 라스콜리니코프는 곧장 다리로 가서 팔꿈치를 난간에 괸 채 흐르는 운하의 물과 운하 건너편을 바라보았다. 너무 기운이 없어 휘청거리며 겨우 거기까지 온 터였다. 거의 기절할 지경이었다.

겨우 정신을 좀 차린 그는 경찰서 쪽으로 걷기 시작했다. 마음은 한없이 공허하고 황량했다. 생각조차 하고 싶지 않았다. 번뇌도 사라져버렸고, 모든 것을 끝내기 위해 집을 나섰을 때 그를 부추겼던 기력도 감쪽같이 사라져버렸다. 일종의 무기력이 그를 온통 사로잡고 있었다.

그는 운하 둑을 내려가면서 생각했다.

'그래, 이것도 해결은 해결이야. 끝장이 날 거야. 그러길 원하니까……. 그런데 이게 해결인 건 맞아? 제길, 무슨 상관이람! 아니, 어쩌자고 이런 멍청한 생각만 떠오르는 거야!'

경찰서는 바로 코앞에 있었다. 그러나 경찰서 바로 앞 모퉁이에서 그는 골목으로 접어들어 길을 빙 돌았다. 무심코 한 행동이었지만, 결말을 1분이라도 늦추고 싶은 속셈이었는지도 모른다.

제13장

145

그는 땅만 보며 걸어갔다. 그러다 우연히 고개를 들어보니 바로 그 집 앞에, 바로 그 집 대문 앞에 서 있었다. 그날 밤 이후 한 번도 온 적이 없었고 근처를 지나간 적도 없었던 그 집 앞에…….

저항할 수도, 설명할 수도 없는 욕망이 그를 이끌었다. 그는 집 안으로 들어가 4층으로 올라가기 시작했다. 1층을 지나 2층이…… 니콜라이와 미트레이가 일하고 있던 방이 보였다. 새로 세를 놓았는지 닫혀 있었다. 이윽고 3층을 지나 4층에…….

그는 망설이다가 안으로 들어섰다. 새로 수리를 하고 있었는지 일꾼들이 있었다. 그는 놀랐다. 어쩐지 그때 모습 그대로, 시체도 그대로 있으리라고 그는 생각하고 있었던 것이다. 그러나 지금은 모든 것이 텅 빈 채, 가구 하나 없었다. 왠지 이상했다. 그는 안으로 걸어 들어가 창틀에 앉았다.

두 명의 일꾼 중 한 명은 늙수그레하고 한 명은 젊은 사내였다. 그들은 일이 끝났는지 집으로 갈 채비를 하고 있었다. 그들은 라스콜리니코프에게 별 신경도 쓰지 않았다. 그들은 자기들끼리 이야기를 나누다가 흘끔 그를 바라보았다. 그중 나이 든 사람이 그에게 말했다.

"무슨 일이슈?"

라스콜리니코프는 아무 대답 없이 현관 쪽으로 걸어가더니 초인종 줄을 잡아당겼다. 그때와 같은 초인종 소리! 그때의 그 무섭고 추악했던 느낌이 그대로 되살아났다. 그는 재차 여러 번 줄을 잡아당겼다. 줄을 당길 때마다 몸이 떨려왔고 일종의 쾌감이 엄습했다.

일꾼이 그가 있는 쪽으로 나서며 소리쳤다.

"당신 도대체 누구요? 대체 왜 그러는 거요?"

라스콜리니코프는 다시 안으로 들어갔다.

"방을 좀 빌릴까 해서요."

"아니, 이 밤중에. 게다가 관리인 없이 혼자."

"바닥도 씻어냈군. 칠을 한 거요? 피는 이제 없소?"

"피라뇨?"

"노파가 여기서 살해되지 않았소? 여동생과 함께…… 완전히 피바다였는데……."

"당신 도대체 누구야!" 일꾼이 불안한 표정으로 소리쳤다.

"나?"

"그래, 너."

"알고 싶어? 그럼 함께 경찰서로 갈까? 거기서 말해주지."

일꾼들은 의심스러운 눈초리로 그를 살펴보았다. 더 이상 상

제13장

147

대할 필요가 없다는 듯 그를 곁눈질하며 밖으로 나가 계단을
내려갔다.

라스콜리니코프도 그들 뒤를 따라 천천히 계단을 내려왔다.
입구 바로 옆에 관리인, 아낙, 긴 실내복 차림의 직공, 그 밖에
두어 명이 더 있었다. 관리인이 그를 보고 누구냐고 묻자 나이
먹은 일꾼이 방을 보러 왔다고 대답했다. 이어서 그가 "피를 씻
어냈느냐?"라고 물었다는 이야기도 했고, 초인종을 마구 눌러
대더라는 이야기도 했다. 관리인을 비롯해 모두 그를 수상쩍은
눈으로 살펴보았다. 관리인이 대체 당신 누구냐고 묻자 그는
선선히 주소를 일러주었다.

그는 그들과 헤어져 천천히 발길을 옮겼다. 그는 경찰서로
가겠다고 이미 확고하게 결심하고 있었고, 곧 모든 것이 끝나
리라고 확신하고 있었다.

제14장

라스콜리니코프가 거리로 나와 길을 걷기 시작했을 때였다. 어둠 속에 사람들이 모여 웅성거리고 있었다. 그리고 사람들 한가운데 마차가 서 있는 것이 보였다. 그는 무심코 그곳을 향해 다가가면서 자신을 싸늘하게 비웃었다. 모든 것이 곧 끝나기로 되어 있는 마당에 이런 일에 집착하다니…….

거리 한복판에 두 마리의 말이 끄는 호화로운 마차가 서 있었고 주위에 많은 사람들이 몰려 있었으며 마차 앞에는 몇 명의 경찰관이 있었다. 그들 중 몇몇은 등불을 켜들고 허리를 굽힌 채 바퀴 바로 옆 무언가를 비추고 있었다.

라스콜리니코프는 사람들을 비집고 들어가 왜 그런 소동이 일고 있는지 알게 되었다. 땅바닥에 초라한 차림의 한 사내가 피투성이가 된 채 누워 있었던 것이다. 머리에서도 피가 흘러 내렸으며 얼굴은 완전히 짓이겨져 있었다. 마차에 심하게 밟힌 것이다.

고개를 더 숙이고 그 불쌍한 희생자를 바라본 라스콜리니코 프가 큰 소리로 외쳤다. 그가 누군지 알아보았던 것이다.

"내가 아는 사람입니다! 퇴직 관리 마르멜라도프입니다! 집 이 이 근처 코젤의 집입니다……. 어서 의사를! 비용은 내가 내 겠습니다!"

그는 주머니에서 돈을 꺼내 경찰관에게 보여주었다. 그는 몹 시 흥분해 있었다. 경찰관들은 피해자의 신원이 밝혀진 것에 흡족해하는 것 같았다. 라스콜리니코프는 그의 집이 겨우 세 블록밖에 떨어져 있지 않다며, 그를 한시 빨리 집으로 옮겨야 한다고 경찰관들을 설득했다. 심지어 경찰관의 손에 슬쩍 몇 푼의 돈을 쥐어주기도 했다. 사건은 더 이상 조사할 것 없이 명 확했으므로 경찰관들도 한시라도 빨리 부상자를 치료해야 한 다는 말에 설득되어 부상자를 옮기는 일에 착수했다. 몇몇 사 람들이 나서서 경찰관들을 도왔다.

코젤의 집까지는 서른 걸음 정도로 아주 가까웠다. 라스콜리 니코프는 뒤에서 마르멜라도프의 머리를 받친 채로 길을 안내

했다.

그들이 부상자를 데리고 집에 도착했을 때 카체리나 이바노브나는 연신 콜록콜록 기침을 하며 열 살짜리 큰딸 폴렌카에게 옛날에 그녀가 화려했던 시절 이야기를 해주고 있었다. 그녀는 갑자기 사람들이 무슨 짐짝 같은 것을 메고 방 안으로 들어오는 것을 보고 놀랐다.

"길에서 마차에 치였어요. 어서 소파에 눕혀야 해요!" 누군가가 외쳤다.

카체리나는 새파랗게 질린 채 바들바들 떨고 있었고, 어린 리디야는 비명을 지르며 누이 폴렌카에게 매달려 몸을 부들부들 떨었다.

라스콜리니코프는 마르멜라도프를 눕히고 나서 카체리나를 달랬다. 카체리나는 "결국 이렇게 되다니!"라고 절망적인 소리를 지르며 곧 남편을 돌보았다. 그녀는 쉽게 쓰러질 여자가 아니었다. 그녀는 입술을 꽉 깨물고 자신은 잊은 채, 남편의 옷을 벗기고 상처를 살피기 시작했다. 그녀는 터져 나오는 울음을 참으며 결코 당황하는 모습을 보이지 않았다. 그녀는 딸에게 말했다.

"폴랴! 소냐에게 가서 얼른 오라고 전해라. 아버지가 사고를

제14장

151

당했다고."

얼마 후 의사가 왔다. 라스콜리니코프가 사람들에게 부탁해 놓았던 것이다. 꼼꼼해 보이는 작은 키의 독일 의사였다. 환자의 상처를 살펴본 의사가 얼굴을 찌푸렸다.

"지독하게 밟혔군."

"어떻겠습니까?" 라스콜리니코프가 물었다.

"곧 죽을 겁니다."

"조금도 가망이 없습니까?"

"전혀 없습니다. 이제 마지막 숨을 쉬고 있을 뿐입니다…….
머리에도 중상을 입었고…… 사혈을 해도 소용이……. 5분이나 10분 후에는 어차피 죽습니다."

카체리나는 사제를 불렀다. 이윽고 경찰과 함께 사제가 나타났고 환자의 임종 고해는 금세 끝났다. 마르멜라도프는 정신을 차리지 못하고 겨우 한두 마디 했을 뿐이었다. 카체리나는 계속 기도를 올리면서 숄을 꺼내어 딸아이의 어깨에 걸쳐주기도 했다. 그러는 사이 구경꾼들이 몰리기 시작했고 현관 밖으로는 빽빽하게 사람들이 모여 있었다.

이때 소냐를 부르러 갔던 폴렌카가 현관에 모인 사람들 틈을 비집고 안으로 들어왔다. 그 애는 어머니에게로 가며 말했다.

"언니가 와요! 길에서 만났어요."

어머니는 아이의 무릎을 꿇리고 옆에 앉혔다.

얼마 후 젊은 처녀 한 명이 사람들을 헤치고 겁에 질린 채 앞으로 나섰다. 한결같이 가난에 찌든 사람들 틈에서 그녀의 복장은 금세 눈에 띄었다. 그녀도 역시 누더기를 입고 있었으나 그녀가 하는 일의 목적을 이루기 위해 요란스럽게 치장되어 있었다. 너무도 선명한 치욕의 표시였다.

마지막 고해를 마친 신부는 돌아갔고, 임종 전 딸 소냐의 모습을 알아본 환자는 "오, 소냐! 내 딸아! 나를 용서해다오!"라는 말을 겨우 더듬거린 후 숨을 거두었다. 소냐는 비명을 지르며 달려가 아버지를 껴안고는 그 자리에서 정신을 잃고 말았다. 결국 마르멜라도프는 딸의 품에 안겨 죽은 셈이었다.

카체리나 이바노브나는 남편의 시신을 보고 울부짖었다.

"그래, 원하던 대로 되었구려! 이제 나는 어쩌란 말이야? 뭐로 장사를 지내? 그리고 저것들, 저것들을 당장 어떻게 먹여?"

그녀는 손수건으로 입을 가린 채 심하게 기침을 했다. 손수건을 입에서 떼자 손수건이 온통 피로 얼룩져 있었다.

라스콜리니코프가 그녀 앞으로 나섰다.

"부인, 지난주에 저는 돌아가신 분과 길게 이야기를 나눌 기회가 있었습니다. 그분은 제게 자신의 인생에 대해 다 말씀해 주었고 저는 그분의 친구가 되었습니다. 그분은 부인을 정말 사랑하고 존경했습니다. 지금…… 제가…… 고인이 된 친구에게 은혜를 갚을 수 있도록…… 좀…… 도와드려도 될지…….적은 돈입니다……. 20루블 정도 될지…… 도움이 될 수 있었으면…… 그럼 저는 이만…….”

그는 재빨리 방에서 나와 사람들을 헤치고 급히 층계 쪽으로 걸어갔다. 뜻밖에도 그의 가슴에는 새로운 생명의 힘이 가득 차오르는 느낌이었다. 마치 사형선고를 받고 처형만 기다리고 있던 사람이 갑자기 특사를 받은 것과 비슷한 느낌이었다.

그가 층계를 거의 다 내려왔을 때였다. 갑자기 뒤에서 누군가 그를 부르는 소리가 들렸다. 어린 목소리였다.

“저, 잠깐만요!”

폴렌카였다. 그가 멈춰 서서 뒤를 돌아보자 그 애가 곁으로 오더니 숨을 헐떡이며 물었다.

“저기요, 이름이 뭐예요? 어디 사세요?”

그는 소녀의 어깨에 두 손을 얹었다. 그리고 뭔가 알지 못할 행복감을 느끼며 소녀를 바라보았다. 그 애를 바라보며 왜 행복감을 느꼈는지 자신도 알 수 없었다.

"누가 널 보냈니?"

"소냐 언니가요." 소녀는 밝은 미소를 지으며 대답했다.

"내 그럴 줄 알았지."

"언니가 그러니까, 엄마도 빨리 뛰어가보라고 말했어요."

"너, 언니가 좋니?"

"그럼요. 언니를 너무 좋아해요."

"그러면 나도 좋아해주겠니?"

소녀는 대답 대신 순진하게 입술을 내민 채 그에게 얼굴을 가까이 했다. 그러더니 소녀는 갑자기 그를 두 팔로 안고 흐느꼈다.

"아빠가 불쌍해요."

"아빠가 너희들을 사랑해주셨니?"

"그럼요. 리디야를 제일 사랑해주셨어요. 어린 데다 병이 있으니까요. 아빠가 우리들에게 읽는 법을 가르쳐주셨어요."

"폴렌카, 너 기도할 줄 알지?"

"그럼요. 아저씨, 우리 아빠를 위해 기도해요. 그리고 첫 번째 아빠를 위해서도 기도해요."

소녀는 작은 목소리로 기도했다. 라스콜리니코프는 소녀에게 이름과 주소를 일러준 후 내일 꼭 들르겠다고 약속했다.

제14장

그는 아까 서 있던 다리로 다시 갔다. 그러나 그는 그때와 너무 달라져 있었다. 그는 혼잣말을 했다.

"이제 됐어! 신기루 따위! 쓸데없는 공포, 환영 따위! 모두 이제 됐어! 삶이 존재하고 있어. 내가 지금 과연 살아 있지 않단 말인가? 내 삶은 노파와 함께 죽은 게 아니다! 그래, 그녀는 평온히 누워 잠자고 있고, 그걸로 충분하다! 이제 정말 끝낼 때가 된 것이다. 이성과 빛이 지배하는 세계여 오라! 그리고…… 의지와 힘이 지배하는…… 그러면 똑똑히 보일지니……. 난 싸울 준비가 되어 있다!"

그는 병이 완전히 나은 것 같았다. 갑자기 오만감과 자신감에 충만한 것 같았다. 그리고 매 순간순간, 바로 전과는 다른 인간으로 변모하고 있었다. 그런데 그에게 무슨 특별한 일이 일어나서 그를 그렇게 바꿔놓은 것일까? 그 자신도 모를 일이었다. 절망감에 사로잡혀 지푸라기라고 잡으려던 그가, '아직 내게는 삶이 있다, 내 삶은 그 노파와 함께 죽지 않았다'라고 생각하게 되었다는 것, 그것만이 확실할 뿐이었다.

그는 라주미힌에게 찾아가야겠다고 생각했다. 그를 놀라게 하고 싶었고 그와의 내기에서 지고 싶었다. 그의 집은 아주 가까운 곳에 있었다. 관리인에게 그의 방을 물은 후 그는 계단을 오르기 시작했다. 계단을 반쯤 올랐을 때부터 이미 떠들썩한 소리와 왁자지껄 활기찬 목소리가 들려왔다. 층계 쪽으로 난 문이 열려 있었던 것이다.

라주미힌의 방은 꽤 넓었다. 방에는 족히 열댓 명은 모여 있었다. 라주미힌은 그를 반갑게 맞아주었다. 척 보기에도 그는 꽤 거나하게 취해 있었다.

라주미힌을 본 라스콜리니코프가 말했다.

"내가 여기 온 건 네가 내기에 이겼다는 걸 알려주기 위해서야. 그리고 자신에게 무슨 일이 일어날지 아무도 모른다는 이야기를 네게 꼭 해주고 싶어서야. 들어가고 싶은 생각은 없어. 너무 기운이 없어서 곧 쓰러질 지경이거든. 보자마자 작별 인사를 해야겠네. 내일 내 집에 와주겠나?"

"잠깐, 내가 데려다줄게. 네 입으로 기운이 없다고 말했잖아."

"손님들은?"

"숙부님께 맡겨두면 돼. 잠깐만 기다려. 조시모프를 데려올 테니……"

곧이어 조시모프가 오더니 라스콜리니코프의 안색을 살폈다. 그러더니 밝은 얼굴로 말했다.

"잠을 자야겠군요. 내가 약을 줄 테니 자기 전에 들어요. 내가 미리 준비해왔어요."

그가 라스콜리니코프에게 약을 주자 그는 그 자리에서 그 가루약을 먹었다. 그가 약을 먹는 것을 보며 조시모프가 라주미힌에게 말했다.

"지금 아주 좋아. 아까에 비하면 놀랄 만큼 변했어. 어떻게 그렇게 갑자기 좋아졌는지 모르겠어."

라스콜리니코프와 라주미힌은 함께 길을 나섰다. 집으로 가는 길에 라주미힌이 말했다.

"이봐, 조시모프가 뭐라고 했는지 알아? 네가 미쳤거나 미친 것에 가깝다고 생각하고 있어. 왜 그런지 알아? 오늘 네가 자묘토프하고 이상한 대화를 했기 때문이야."

"자묘토프가 자네에게 그 이야기를 다 해준 거야?"

"응, 다 말했어. 내가 조시모프에게도 말해줬고……. 멍청한 자묘토프…… 내가 몇 대 두들겨주었지……."

라주미힌은 취해서 거의 횡설수설하고 있었다. 라스콜리니코프는 자신이 오늘 겪은 일, 전 재산을 다 털어준 일을 라주미힌에게 이야기해준 후 기운이 없다고 그에게 부축해달라고 말했다.

그들은 이제 라스콜리니코프의 방에 오르는 계단을 오르고 있었다. 그때 라스콜리니코프가 놀란 듯 말했다.

"어, 저게 뭐야? 저기 좀 봐, 저기."

"왜 그러는데?"

"저기 내 방에 불이 켜져 있는 게 보이잖아. 문 틈새로……."

정말로 라스콜리니코프의 방에 불이 켜져 있었다. 그들이 문 가까이 가자 안에서 말소리가 들렸다. 라스콜리니코프는 문을 열어젖혔다. 그리고 순간 그 자리에 못 박힌 듯 얼어붙고 말았다. 어머니와 누이가 소파에 앉아 있었던 것이다!

둘은 벌써 한 시간 반 동안 그를 기다리고 있었다. 그동안 모녀는 나스타시야를 통해 모든 이야기를 들을 수 있었다. 나스타시야 말대로 몹시 앓고 있는 라스콜리니코프가 남들 모르게 밖으로 나갔다는 소리를 듣고 그녀들은 걱정이 태산 같았다. 두 사람은 고통스럽기 짝이 없는 한 시간 반을 보낸 것이다.

둘은 기쁨에 겨운 감격스러운 외침으로 라스콜리니코프를 맞았다. 하지만 그는 마치 죽은 사람처럼 서 있을 뿐이었다. 손을 올려 어머니와 누이를 안으려 해도 꼼짝할 수 없었다. 도저히 견디기 어려운 느낌이 그를 엄습한 것이다. 그는 한 걸음 앞으로 내디디려다 그대로 정신을 잃고 바닥에 쓰러지고 말았다.

제14장

159

어머니와 딸은 공포에 질려 부르짖었다. 라주미힌은 환자를 들어 올려 소파에 눕히며 모녀를 안심시켰다.

"괜찮습니다. 의사 말이 훨씬 좋아졌다고 했습니다. 자, 물을 좀……. 보세요. 벌써 정신이 들고 있습니다."

모녀는 마치 구세주라도 되는 양 감사의 눈길로 그를 바라보고 있었다. 두 사람은 이미 나스타시야를 통해 라스콜리니코프가 앓고 있는 동안 이 '능란한 젊은이'가 그를 위해 얼마나 애썼고 얼마나 중요한 역할을 했는지 들어서 알고 있었다. 라스콜리니코프의 어머니 풀헤리야 알렉산드로브나 라스콜니코바는 그날 저녁 딸 두네치카와 속내 이야기를 나누다가 라주미힌에게 '능란한 젊은이'라는 별명을 붙여준 것이다.

제
3
부

제15장

라스콜리니코프는 라주미힌의 말대로 금세 정신을 차렸다. 그는 몸을 일으켜 소파에 앉았다. 그는 두 사람의 손을 잡고 잠시 말없이 그들을 바라보았다. 고통이 느껴질 정도로 야릇하고 강렬한 눈길이었다. 그 눈길을 받고 어머니는 울음을 터뜨렸으며 여동생은 창백해졌다.

라스콜리니코프가 라주미힌을 손으로 가리키며 어머니에게 말했다. 정말 매정한 한마디였다.

"이제 저 친구와 함께 숙소로 돌아가세요. 내일, 그래요, 내일 다시 만나요. 오신 지는 오래되셨어요?"

어머니가 대답했다.

"저녁에 도착했단다. 기차가 연착해서⋯⋯. 로쟈, 난 안 갈 거야, 네 옆에서 밤을 새우겠다."

"제발, 저를 내버려두세요." 라스콜리니코프가 성가시다는 듯 손을 흔들며 말했다. 그러자 라주미힌이 말했다.

"제가 곁에 있겠습니다. 제 손님들은 숙부께서 알아서 하실 겁니다."

라스콜리니코프가 다시 짜증을 내자 울고 있는 풀헤리야 알렉산드로브나를 두냐가 부축해서 밖으로 나가려 했다. 그때 라스콜리니코프가 두 사람을 불러 세웠다.

"잠깐! 루줸을 보셨나요?"

그러자 어머니가 겁먹은 목소리로 망설이듯 말했다.

"아니, 아직 못 봤단다. 로쟈, 그 사람이 친절하게도 오늘 널 찾아오겠다고 했는데……."

"그래요, 정말 친절하게도 말이죠……. 두냐, 아까 내가 그 사람에게 층계에서 떨어뜨려버리겠다고 말했다. 그리고 쫓아버렸다."

"로쟈, 그게 무슨 소리니? 설마…… 네가……."

아브도치야 로마노브나(두냐)는 오빠를 뚫어져라 바라보며 오빠의 다음 말을 기다리고 있었다. 그렇지 않아도 이미 나스타시야로부터 대충 이야기를 들었기에, 도대체 오빠 생각이 어떤 건지 초조한 가운데 궁금해하고 있던 참이었다.

라스콜리니코프가 간신히 말을 이었다.

"두냐, 나는 이 결혼 반대한다. 그러니 넌 내일 당장 루쥔에게 거절한다고 말해라. 그리고 더 이상 그 인간 이야기는 하지 마라."

두냐는 발끈했으나 이내 마음을 가라앉히고 부드럽게 대답했다.

"오빠, 오빤 지금 너무 지쳐 있어요. 제대로 생각할 수도 없을 거예요. 나중에 이야기해요."

"내가 헛소리하는 것 같으냐? 절대로 아니지! 너는 나 때문에 이 결혼을 받아들인 거야. 하지만 나는 네 희생을 받아들일 수 없다. 그러니 내일까지, 거절한다는 편지를 써라. 아침에 내게 편지를 가져와. 내가 읽어볼게. 그걸로 다 되는 거야."

마음에 상처를 입은 두냐가 오빠에게 소리쳤다.

"그럴 수 없어요……. 오빠가 무슨 권리로……."

그러자 어머니가 그녀에게 달려들며 말했다.

"두네치카! 너도 화를 내면 어떻게 하니? 내일 이야기하자꾸나……. 보면 모르겠니? 자, 어서 나가자꾸나……."

두 사람이 작별 인사를 하고 밖으로 나가자 라스콜리니코프가 등 뒤에 대고 온 힘을 다해 소리쳤다.

"알겠니, 두냐? 나는 헛소리하는 게 아니야. 이 결혼은 비열한 짓이야. 나는 비열한 놈이지만 너는……. 그래 나는 비열한 놈이야……. 하지만 그 짓을 하면 너를 누이로 여기지 않을 거야! 나 아니면 루쥔, 둘 중 하나를 택해!"

라주미힌이 "미쳤구나! 이런 폭군 같으니!"라고 라스콜리니코프를 비난했지만 그는 아무런 대답도 하지 않았다. 대답할 힘조차 없는 것 같았다. 그는 소파에 누워 벽 쪽으로 등을 돌렸다. 두냐는 호기심에 찬 눈으로 라주미힌을 바라보았다. 라주미힌은 그 눈길을 받고 몸을 움찔했다.

아들의 태도와 상태에 충격을 받은 어머니가 아들을 이대로 두고 갈 수 없다고 우겼지만 라주미힌이 그렇게 되면 사태를 더 악화시킬 뿐이라고 그녀를 설득했다. 그는 두 사람의 손을 각각 한 손으로 움켜쥐고 자기가 그들을 데려다주겠다고 말했다. 모녀가 아픔을 느낄 정도로 그는 너무 세게 그녀들의 손을 꼭 쥐고 있었다.

어머니에게 그는 마치 구세주와 같았다. 그렇기에 그런 비상식적인 행동을 탓할 기분이 아니었다. 한편 두냐는 그의 불타는 시선에 놀라고 있었다. 나스타시야의 이야기를 미리 들은 덕분에 이 남자에게 한없는 신뢰감을 갖고 있지 않았더라면 어머니의 손을 잡고 달아나버렸을 수도 있을 정도로 강렬한 시선이었고, 두려움까지 느끼게 만드는 시선이었다.

자신을 바라보는 두 여인을 라주미힌이 열심히 설득했다.

"저 친구 곁에 나스타시야를 앉혀놓고 돌보게 하겠습니다. 저는 두 분을 바래다드리겠습니다. 지금 이 시간에 두 분이 거리를 걷기에는 이곳 페테르부르크가 좀……. 두 분을 바래다드린 후 저는 곧바로 이곳으로 오겠습니다. 그리고 다시 두 분께 달려가 로쟈가 어떤지 보고해드리겠습니다. 그런 후 저는 집으로 가서 조시모프를 불러내겠습니다. 로쟈를 치료하고 있는 의사입니다. 다들 취해 있겠지만 그는 아닐 겁니다. 그는 결코 취하지 않습니다. 이 친구를 로쟈에게 데려갔다가 곧바로 두 분께 가겠습니다. 그러니 두 분은 한 시간 안에 로쟈에 대해 두 번의 보고를 받으실 수 있게 되는 겁니다. 특히 그중 하나는 의사로부터입니다. 그러니 안심하시고 숙소로 가시지요."

라주미힌은 분명 취해 있었고 모녀를 데리고 가는 동안에도 계속 횡설수설을 했다. 루쥔이 예약해둔 여인숙에 도착하자 라주미힌이 말했다.

"자, 여기가 두 분의 숙소입니다. 세상에 천사 같은 두 분을 이런 여인숙에 묵게 하다니! 정말 수치스러운 일입니다. 그것만 봐도 로쟈가 그 표트르 페트로비치를 쫓아낸 건 당연한 겁니다! 어떤 놈들이 이곳에 드나드는데……. 당신은 그 사람 약혼녀 아닙니까? 약혼녀를 이런 곳에 묵게 하다니! 이런 말을 해도 될까 모르겠지만, 정말 너절한 놈입니다!"

"제발, 라주미힌 씨…… 말씀이 좀……." 풀헤리야 알렉산드로브나가 조용히 그의 말을 막았다. 그러자 라주미힌이 황급히 말했다.

"제가 너무 과했군요……. 죄송합니다……. 하지만 그 사람은 제가 보기에…… 제가 그런 말을 하는 건…… 어제 그 사람을 척 보고도…… 그 사람이 당신들과는 어울리지 않는 것 같아서……. 머리를 지지고 와서도 아니고, 너무 아는 척해서도 아니고……. 무슨 염탐꾼이나 밀고자 같아서……. 위선자인데다가 꼭 유태인 같아서……. 우리들 모두 척 보고 알았지요. 그가 똑똑하다고 생각하세요? 절대로 그렇지 않습니다. 그가 당신들에게 어울린다고 생각하세요? 제가 지금 취해 있지만…… 그래서 이렇게 말도 안 되는 소리를 하고 있지만…… 그래도 그 사람보다는……. 우리 주정뱅이들은 엉터리 소리를 지껄이더라도 진실하거든요. 하지만…… 이제 그만하겠습니다…….

제15장

167

저를 용서해주시겠지요? 그런데 몇 호실이지요? 아, 8호실? 자, 문을 꼭 잠그고 계세요. 15분 뒤에 다시 와서 보고하겠습니다. 그리고 30분 후에는 조시모프와 함께 오겠습니다. 그럼 쉬고 계십시오."

말을 마친 그가 가버리자 모녀는 이런저런 걱정에 휩싸였다. 어머니는 라스콜리니코프가 내일이면 생각을 바꿀 것이라고 말했고 딸은 오빠가 내일도 같은 생각일 것이라고 잘라 말했다. 둘은 애타게 라주미힌이 돌아오길 기다렸다. 어머니는 팔짱을 낀 채 방 안을 서성이는 딸의 모습을 지켜보았다. 생각에 잠겨 이리저리 거니는 것은 아브도치야 로마노브나의 습성이었고, 그럴 때면 어머니는 딸의 생각에 방해라도 될까봐 얌전히 있었다.

라주미힌이 술 취한 상태에서 아브도치야 로마노브나를 향한 갑작스런 열정에 사로잡히게 된 것은 우스꽝스러운 짓임이 분명했다. 그러나 그녀의 모습, 특히 이렇게 팔짱을 끼고 생각에 잠긴 채 방 안을 거닐고 있는 모습을 본 사람이라면 라주미힌이 멀쩡한 상태에서 그런 행동을 했더라도 너그럽게 용서했을 것이다. 그녀는 정말 뛰어나게 아름다웠던 것이다.

그녀는 큰 키에 균형 잡힌 몸매를 하고 있었다. 게다가 그녀의 동작 하나하나에 힘과 자신감이 넘치고 있었으며, 그러면서도 부드럽고 우아했다.

그녀의 얼굴은 오빠와 닮았다. 그녀의 눈은 거의 검은색이었고 자신감에 차서 빛나고 있으면서 이따금 선량함이 그득한 모습을 보여주었다. 얼굴빛은 창백했지만 병색은 아니었고 오히려 청순함과 건강함을 뽐내고 있었다. 아랫입술이 턱과 함께 약간 앞으로 나와 있는 것이 유일한 결점이었지만 그 결점마저도 그녀의 얼굴에 일종의 오만함 비슷한 독특한 개성을 부여해주고 있었다.

그러니 열정적이고 솔직하고 순박하며 정직한 용사 스타일의 라주미힌, 그런 여성은 만나본 적이 없는 라주미힌이 술 취한 채 그녀를 보고 첫눈에 넋을 잃은 것도 무리는 아니었다. 게다가 마치 우연의 장난인 양, 그가 그녀를 본 순간은 그녀가 오빠를 만난다는 기쁨으로 그 아름다움이 더없이 빛나던 순간이었다. 게다가 오빠의 뻔뻔하고 오만한 명령에 화가 나서 그녀의 아랫입술이 파르르 떨리는 모습을 보게 되었으니 어찌 저항할 수 있었겠는가!

그녀의 어머니도 나이가 마흔셋이었지만 여전히 아름다웠고 나이보다 훨씬 젊어 보였다. 그녀의 정신이 건강했고, 그녀가

제15장
169

정직하고 순순한 마음과 정열을 지니고 있었기에 가능한 일이었다. 영락없이 20년 후의 두네치카의 초상이라고 보면 틀림없었다.

그날 라주미힌은 자신의 말 그대로 약속을 지켰다. 정확히 15분 후에 다시 나타나 라스콜리니코프가 정신없이 자고 있다는 말을 전했으며 한 시간 후 조시모프를 데리고 나타난 것이다. 조시모프는 의사로서 두 사람을 완전히 안심시켰다. 그리고 내일 가능한 한 빨리 더 좋은 소식을 전해주겠다고 말한 후 두 사람 앞에서 물러났다.

두 사람이 거리로 나왔을 때 조시모프가 열을 내서 말했다.

"야, 그, 아브도치야 로마노브나, 정말 매혹적인 여자더군!"

"매혹적이라고? 너, 매혹적이라고 그랬어?" 라주미힌이 그의 멱살을 잡으며 으르렁거렸다. "너 언제고…… 알지? 알지? 알겠냐고!"

"이거 봐, 이 주정뱅이!" 조시모프가 빠져나오려고 애를 쓰면서 말했다. 라주미힌이 멱살을 놓아주자 조시모프는 상대방 얼굴을 쳐다보다가 웃음을 터뜨렸다. 라주미힌은 팔을 축 늘어뜨린 채 생각에 잠겨 서 있었다.

잠시 후 그가 조시모프에게 말했다.

"이봐, 오늘 밤 자네는 라스콜리니코프의 여주인 집에서 자도록 해. 내가 다 설득해놓았어. 나는 부엌에서 잘 거야. 그녀는 매력적인 여자야. 나를 좋게 생각하는 것도 알고 있어. 하지만 그녀에게는 너나 나나 마찬가지야. 그냥 옆에서 한숨만 쉬어주면 돼. 그냥 책을 읽어도 되고 누워 있어도 되고 글을 써도 돼."

"아니, 내가 왜 그녀 옆에서?"

"에이, 이거 참 도저히 설명을 못 하겠군! 너하고 그 여자는 아주 잘 어울린단 말이야. 아무튼 내가 시키는 대로 해줘. 이봐, 나는 밤중에 가끔 환자를 보러 갈게. 뭐, 아무 일도 없겠지……."

제16장

라스콜리니코프의 하숙집 부엌에서 잠을 잔 라주미힌은 다음 날 아침 7시가 좀 지나서 눈을 떴다. 그는 심각한 걱정에 휩싸여 있었다. 그는 어젯밤 일을 모두 기억하고 있었다. 그는 이제껏 자신이 한 번도 받아보지 못한 그런 인상을 받았음을 깨닫고 있었다. 동시에 그는 자신의 머릿속에 어렴풋이 떠오른 그 꿈이 절대로 이루어질 수 없다는 것을 의식하고 있었다. 그 꿈이 너무나 실현 불가능한 것이어서 그런 생각을 품는 자신이 부끄럽다는 생각까지 들었다.

게다가 어제 한 짓은? 술 취했다는 핑계로 그녀의 약혼자를 마구 비난하고 욕하다니! 야비한 질투심을 그렇게 드러내다니! 주정뱅이에 무뢰한에 떠버리에 불과한 자기가 어찌 그녀를 꿈꿀 수조차 있단 말인가!

그는 도저히 견딜 수 없는 수치심에 주먹으로 부엌 난로를 힘껏 내리쳤으며 벽돌을 박살 냈고 그 때문에 손에 상처를 입었다. 그는 자기 비하감에 젖어 입술을 깨물며 중얼거렸다.

'이 말도 안 되는 실수를 이제 와서 절대로 씻을 수 없어……. 그러니 생각해봤자 소용없어……. 그냥 할 일을 하고…… 용서를 빌지도 말고, 아무 말도 하지 말자……. 그래, 모든 건 끝장난 거야…….'

그때 하숙집 여주인 프라스코비야 파블로브나의 객실에서 밤을 보낸 조시모프가 들어왔다. 일찍 환자를 살펴보려고 서둘러 온 것이었다. 라주미힌이 환자는 아직 세상모르고 자고 있다고 말해주자 조시모프는 잠에서 깰 때까지 그냥 내버려두라고 말한 후 자기는 10시가 조금 넘어 다시 오겠다고 약속했다.

그러자 라주미힌이 그에게 말했다.

"한 가지 마음에 걸리는 게 있어. 어제 내가 술이 많이 취했나봐. 이 하숙집으로 와서 로쟈 녀석에게 쓸데없는 말을…… 온갖 바보 같은 소리를 다 지껄인 거야……. 네가 그 친구 정신이 정상이 아니라고 하던 이야기도……. 그런데 그가 정상이 아니라는 네 이야기, 무슨 근거라도 있어?"

"그런 거 없어……. 네가 먼저 편집증 환자인 것처럼 말했잖아……. 게다가 우리가 어제 불에다 기름 붓는 짓을 한 거야……. 네가 그 칠장이 얘기를 하는 바람에……. 어쨌든 어제 자묘토프 얘기를 듣고 절반쯤은 분명해졌어. 별거 아냐. 누더기 옷을 입고 다니는 자기 신세, 경찰서에서 당한 일, 게다가 몸까지 약하니 병이 시작된 거야. 거기다 그 무서운 혐의까지! 그 자존심 강한 우울증 환자에게 큰 타격이 된 거지! 그런데 그 자묘토프 있잖아, 굉장한 수다쟁이더군."

"아니, 그 이야기를 자네와 나 말고 또 누구에게 한 거야?" 라주미힌이 물었다.

"포르피리에게도 했어. 어쨌든 우리 그 이야긴 그만하자. 그런데 로쟈 그 친구는 루쥔에게 왜 그래? 돈깨나 있는 사람이고 누이동생도 싫어하는 눈치는 아니던데……. 게다가 그 사람들은 무일푼이잖아? 안 그래?"

"뭘 그렇게 캐묻는 거야?" 라주미힌이 벌컥 소리쳤다. "무일푼인지 아닌지 내가 어떻게 알아? 직접 물어보라고!"

"자네, 가끔가다 이상하단 말이야. 왜 그렇게 소리를 지르는 거야? 아직 술이 덜 깬 모양이로군."

라주미힌은 9시 정각에 바칼레예프 여인숙에 나타났다. 모녀는 신경을 곤두세운 채, 초조하게 그를 기다리고 있었다. 모녀는 7시 정도에, 아니면 그보다 더 일찍 일어난 것 같았다. 그는 풀이 죽은 채 어색하게 인사를 했고, 그런 자신의 모습에 더 화가 났다. 하지만 그의 계산은 어긋났다. 풀헤리야 알렉산드로브나는 문자 그대로 그에게 몸을 던지고는 두 손을 부여잡은 채 키스라도 할 기세였다. 그는 머뭇거리는 눈길로 아브도치야 로마노브나를 살펴보았다. 그런데 그 오만한 얼굴에 감사와 애정의 표시뿐 아니라, 전적인 존경의 빛이 떠올라 있는 것이 아닌가? 그가 전혀 예기치 못한 일이었다. 그는 차라리 욕이라도 얻어먹었으면 하는 기분이었다. 그만큼 너무나 거북했던 것이다. 급히 나눌 이야깃거리가 있는 것이 다행이었다.

그는 로쟈가 아직 일어나지 않았다, 모든 게 양호하다고 말해주었다. 풀헤리야 알렉산드로브나는 그동안 로쟈에게 있었던 일에 대해 마치 폭풍처럼 질문을 퍼부었고 라주미힌은 거의 한 시간에 걸쳐 기꺼이 대답해주었다. 그는 모든 이야기를 다 해주었지만 경찰서에서 벌어졌던 소동에 대해서는 입을 다물었다. 두냐도 버릇처럼 팔짱을 끼고 거닐면서 이따금 질문을 했다. 라주미힌은 자기가 본 로쟈의 성격에 대해 이렇게 말해

제16장

175

주었다.

"그는 침울하고 오만하며 자존심이 아주 강한 친구입니다. 최근에는 부쩍 의심도 많아졌고 우울증 증세까지 보입니다. 그렇지만 본성은 관대하고 선량하다는 걸 저는 잘 알고 있습니다. 어쨌든 두 개의 상반된 성격이 번갈아 나타나는 것 같습니다."

그의 말을 듣고 두냐가 말했다.

"오빠 성격에 대해 공정하게 말씀해주셨어요. 전 당신이 오빠를 숭배하는 줄 알았거든요."

그러자 풀헤리야 알렉산드로브나가 머뭇머뭇 조심스런 태도로 어제 로쟈와 루쥔 사이에 벌어진 일에 대해 다시 묻기 시작했다. 그녀가 가장 걱정하고 있는 문제가 바로 그것인 듯 그녀는 그 말을 하면서 몸을 떨기 시작했다.

라주미힌은 다시 모든 일을 소상히 이야기했다. 그리고 결론으로, 라스콜리니코프가 루쥔을 그런 식으로 모욕한 것은 잘못이라는 자신의 견해를 내비쳤다. 라스콜리니코프의 태도를 그의 병 탓으로 돌리며 그를 감싸던 어제와는 딴판이었다. 게다가 두 모녀는 라주미힌이 루쥔에 대해 이야기하면서 어제와는 달리 무척 조심스러운 태도를 보이는 것을 보고 매우 놀랐다.

풀헤리야 알렉산드로브나는 드디어 참지 못하고 노골적으로 물었다.

"그렇다면 댁은 표트르 페트로비치 루쥔에 대해 어떻게 생각하시나요? 아, 참 이런 결례가……. 여태까지 정식 성함도 여쭤보지 않고 이야기를 나누었으니……."

"제 이름은 드미트리 프로코비치입니다. 그 사람에 대한 제 의견을 물으셨나요? 따님의 남편 되실 분에 대해 제가 어찌 다른 의견이 있을 수 있겠습니까? 그냥 인사치레로 드리는 말씀이 아니라…… 그러니까…… 아브도치야 로마노브나가 직접 그 사람을 선택했다는 사실만으로도……. 제가 어제 그 사람을 비방한 건, 제가 좀 취해서…… 아니, 취했다기보다는 미쳐서…… 완전히 돌았던 거지요. 정말 부끄럽습니다."

그는 낯이 벌겋게 된 채 입을 다물었다. 두냐도 얼굴을 붉혔지만 입을 열지는 않았다. 루쥔 이야기가 나온 순간부터 그녀는 한마디도 하지 않았던 것이다.

풀헤리야 알렉산드로브나는 뭔가 딸의 눈치를 보는 듯 머뭇거리면서 더듬거리며 말했다.

"실은 드미트리 프로코비치……. 두네치카, 이분께 아주 터놓고 말씀드려도 괜찮겠지?"

"그럼요, 엄마."

딸의 승낙을 받은 어머니는 홀가분한 기분으로 라주미힌에게 서둘러 말했다.

"실은 오늘 아침 그 사람에게서 편지를 받았어요. 어제 우리를 역으로 마중 나왔던 하인이 가져왔어요……. 이걸 한번 읽어봐주시겠어요? 정말 어떻게 해야 할지 모르겠어요……. 댁은 로쟈의 성격을 잘 아니까 조언을 해줄 수 있을 거예요. 두네치카는 결심이 선 것 같은데 나는 정말 잘 모르겠어요."

라주미힌은 어제 날짜로 되어 있는 편지를 읽어 내려갔다.

친애하는 부인께

먼저 예기치 못한 일이 생겨서 직접 역으로 마중 나가지 못하고, 아주 빈틈없는 사람을 대신 보내게 되었음을 알려드리는 바입니다. 내일 아침에도 원로원에 급한 용무가 있어 찾아뵙지 못하게 되었음을 마찬가지로 통보드리는 바입니다. 내일 저녁 8시 정각에 부인의 숙소로 직접 찾아갈 테니 부디 만날 수 있는 영광을 베풀어주시길 바랍니다.

아울러 간절한 부탁을 덧붙이는바, 우리가 상면하는 자

리에 로지온 로마노비치가 동석하지 않도록 해주십시오. 제가 어제 그에게 방문했을 때 그가 유례가 없을 정도로 극도로 무례하게 저를 모욕했기 때문입니다. 제가 부인께 상세히 설명해드릴 것이 있으며 그 일에 대한 부인의 의견을 듣기를 원합니다.

아울러 감히 경고를 드립니다만, 만일 저의 부탁에도 불구하고 그 자리에서 로지온 로마노비치를 만나게 된다면 저는 곧바로 물러날 것이며, 그것은 오로지 부인의 탓인 줄 아시길 바랍니다.

제가 감히 이런 말씀을 드리는 것은, 그 집에 방문했을 때 몹시 앓고 있던 것처럼 보이던 로지온 로마노비치가 두 시간 후에는 갑자기 완쾌되었기에 부인의 숙소로 올 수도 있다고 생각되기 때문입니다. 바로 제 두 눈으로 직접 확인한 사실입니다. 그는 어제 말에 짓밟혀 죽은 어느 주정뱅이의 집에서 노란 딱지를 달고 있는 그 집 딸에게 장례비 조로 25루블을 내주었습니다. 당신이 얼마나 힘들게 그 돈을 마련했는지 알고 있는 저로서는 놀랄 수밖에 없었습니다.

친애하는 아브도치야 로마노브나에게 각별한 경의를 표

하며 부인을 향한 저의 존경의 마음을 받아주시길 바랍
니다.

　　　　　　　　　당신께 순종하는 P. 루쥔 올림

"이걸 어떻게 하지요?" 풀헤리야 알렉산드로브나는 거의 울
먹이다시피 하며 말했다.

라주미힌이 침착하게 대답했다.

"따님이 결정하시는 대로 따르십시오."

"안 돼요. 얘는 무슨 까닭인지 로쟈가 8시에 일부러라도 이
곳에 와서 둘이 꼭 만나야 한다는 거예요……. 나는 이 편지를
그 애에게 보이고 싶지도 않은데……. 둘이 만나지 않도록 당
신이 지혜롭게 처리해주셨으면……. 게다가 난 도무지 이해할
수 없어요……. 도대체 죽은 주정뱅이가 그 애와 무슨 관계인
지, 왜 이상한 일을 하고 있는 그 사람 딸에게 가진 돈을 다 털
어주었다는 건지……. 그 돈은……."

"그래요, 엄마가 정말 힘들게 마련한 거지요." 딸이 덧붙였다.

"글쎄요, 저도 그 친구가 뭐라고 횡설수설하는 소리를 듣긴
했지만…… 저도 무슨 사연인지는……."

"엄마, 우리가 직접 오빠에게 가봐야 어떻게 해야 좋을지 알

수 있을 거예요. 그렇지 않아도 벌써 가야 할 시간이에요. 어머, 벌써 10시가 되었네."

그녀는 목에 걸고 있던 시계를 흘낏 쳐다보며 외쳤다. 호화스런 금시계였는데 그녀의 초라한 옷차림과는 끔찍할 정도로 어울리지 않았다.

'약혼 선물이로군'이라고 라주미힌은 속으로 생각했다.

모녀는 허둥지둥 옷을 챙겨 입었다. 가난이 생생하게 묻어나는 초라한 옷차림이었지만, 오히려 그 옷차림이 남루한 옷을 잘 챙겨 입는 사람이 보여줄 수 있는 기품을 이 두 사람에게 부여하고 있었다.

셋은 거리로 나선 지 얼마 되지 않아 라스콜리니코프의 하숙집에 도착했다.

제17장

　그들이 방으로 들어서자 조시모프가 그들을 맞으며 "다 나았어요! 다 나았다고요"라고 명랑하게 외쳤다. 그는 10분 전에 와서 어제처럼 방구석에 앉아 있었다. 라스콜리니코프도 맞은편 구석에 앉아 있었는데 놀랍게도 옷을 다 입은 데다 정성껏 세수도 하고 머리도 빗고 있었다. 방은 금세 꽉 차버렸지만 나스타시야는 억지로 손님들 틈을 비집고 들어와 귀를 기울였다.

　조시모프의 말대로 라스콜리니코프는 건강을 거의 회복한 것 같았지만 얼굴은 몹시 창백했고 우울해 보였다. 하지만 침울하던 얼굴은 어머니와 동생이 방으로 들어오자 순간적으로 환해졌다. 하지만 말 그대로 밝아졌다기보다는 우울함이 침통함으로 바뀐 듯했을 뿐이었다. 밝은 빛은 곧 사라지고 괴로움만 남은 것이다.

조시모프가 말했다.

"정말 많이 좋아졌습니다. 이대로 가면 사나흘 후면 전과 같이 될 것입니다. 하지만 그렇더라도 완전히 회복되었다고 보긴 어려울 겁니다. 아주 오래전에 시작되어 잠복되어 있던 병이니까요."

그는 환자를 자극할까봐 두려운 듯, 라스콜리니코프를 바라보며 조심스럽게 말을 이었다.

"당신이 회복되는 것은 이제 완전히 당신에게 달려 있습니다. 이 병의 근본적인 원인을 완전히 제거해야 한다는 말입니다. 그리고 그 원인을 나는 알 수 없습니다. 다만 당신이 일을 해야 한다는 것, 그 무언가 확고한 목표를 가져야 한다는 것만 알 수 있을 뿐입니다."

하지만 그는 환자의 얼굴에 냉소가 떠오르는 것을 보고 적이 당황했다.

두냐는 불안한 눈길로 그런 오빠를 바라보고 있었다. 이윽고 라스콜리니코프가 입을 열어 어머니에게 말했다.

"어머니, 어머니께는 뭐라 드릴 말씀이 없어요. 어머니께서 여기서 저를 기다리시면서 얼마나 마음을 졸이셨을지 이제야

제17장

183

깨달았으니까요."

그런 후 그는 말없이 미소를 띠고 갑자기 누이동생에게 손을 내밀었다. 이제까지의 냉소와는 달리 진실한 감정이 담겨 있었다. 두냐는 기쁜 표정으로 오빠가 내민 손을 꼭 잡았다. 어제 다투었던 남매가 이렇게 말없이 화해하는 모습을 바라보며 어머니의 얼굴이 환하게 밝아졌다.

라스콜리니코프가 다시 입을 열었다.

"어머니, 그리고 두네치카, 오늘 제가 어머니가 계신 곳으로 가기 싫어서 이렇게 기다리고 있던 게 아니에요. 눈을 뜨자마자 가려 했는데……. 나스타시야에게 피를 씻겨달라고 하는 걸 깜빡해서……. 이제야 옷을 갈아입었어요."

그의 입에서 피 소리가 나오자 어머니가 깜짝 놀랐다.

"피? 무슨 피 말이냐?"

"그게, 그러니까……. 걱정하지 마세요, 어머니……. 어제 좀 정신없이 돌아다니다가…… 마차에 깔린 어떤 사람을 보게 되었고…… 어떤 관리인데…… 거기서."

"정신이 없었다고? 하지만 넌 다 기억하잖아." 라주미힌이 도중에 그의 말을 잘랐다.

"맞아. 다 기억해. 세세한 것까지……. 하지만 정말 이상해.

내가 왜 그런 짓들을 했는지, 왜 거길 갔고 그런 말을 했는지는…… 정말로 설명할 수가 없어."

"그러면 마차에 치인 사람은 어떻게 됐어? 내가 공연히 네 말을 끊었군." 라주미힌이 궁금한 표정으로 물었다.

"응, 뭐라고?" 라스콜리니코프가 마치 잠에서 깨어난 듯 반문하더니 계속 말했다. "그래…… 그게, 그 사람을 집으로 옮기는 걸 도와주다가 피가 묻은 거야……. 그런데 어머니, 제가 정말 용서받을 수 없는 짓을 저질렀어요. 정말 정신이 나갔었나 봐요. 어머니가 제게 부쳐주신 돈을…… 그 죽은 사람 부인에게…… 전부…… 장례비에 쓰라고……. 이제 과부가 된, 폐병을 앓고 있는 불쌍한 여자예요……. 아비 없는 아이들이 굶주리고 있고…… 아무것도 없고……. 딸이 하나 있긴 하지만……. 아마 어머니였더라도……. 하지만 제게 그럴 권리는 없었지요. 사실이에요. 더욱이 어머니가 그 돈을 어떻게 마련했는지 빤히 알면서……."

그러자 어머니가 말했다.

"됐다, 로쟈. 난 네가 하는 일이라면 다 훌륭한 일이라고 믿고 있단다."

"믿지 마세요." 그는 일그러진 미소를 띠며 대답했다.

제17장

얼마간 침묵이 흘렀다. 그 순간 어머니가 갑자기 말문을 열었다.

"글쎄, 로쟈야, 마르파 페트로브나가 갑자기 죽었단다."

"마르파 페트로브나라니요? 그게 누구죠?"

"아니, 세상에 그 사람을 몰라? 왜 그 마르파 페트로브나 스비드리가일로프 말이다. 그 여자에 대해 내가 편지에서 자세히 썼잖아."

"아, 네, 기억나요. 그런데…… 그녀가 죽었어요? 정말로요?" 갑자기 그는 잠에서 깨어난 듯 몸을 부르르 떨었다. "정말이에요? 어쩌다가?"

"정말 갑자기 죽었어. 마침 내가 네게 편지를 보낸 바로 그날이었어. 글쎄, 그 무서운 인간이 그 여자를 죽게 만든 모양이야. 그 여자를 몹시 때렸다는구나!"

"아니, 둘이 그런 사이였나?" 그가 누이동생에게 물었다.

"아니, 정반대예요. 그는 부인에게는 언제나 참을성이 많고 정중했어요. 어찌 보면 부인에게 너그럽기도 했는데……. 7년 동안을 그렇게 살았어요. 그런데…… 아마 갑자기 인내심을 잃었나봐요."

"그러니까 7년을 그렇게 지냈으니 절대로 그렇게 무서운 인간이 아니다? 두네치카, 너 그 사람을 변호하는 것 같구나."

"아니에요, 정말 아니에요. 그는 무서운 사람이에요. 그보다 더 무서운 사람은 없어요." 두냐는 몸을 부르르 떨면서 급히 오빠의 말을 부인했다. 그리고 양미간을 찌푸리며 생각에 잠겼다.

이번에는 어머니가 입을 열었다.

"어쨌든 맞아서 죽은 건 아니야. 아침에 맞긴 했다지만……. 점심까지 들고 나서 차가운 샘물에 목욕하러 들어갔다가 죽었다니까……."

"어머니, 하지만 그런 건 지금 중요한 일이 아니잖아요." 갑자기 라스콜리니코프가 짜증을 냈다.

"그래. 하지만 무슨 말을 해야 할지 알 수가 없어서……."

"어머니, 도대체 왜 그러세요? 제가 그렇게 무서운가요?"

"아냐, 절대 아니야. 여기로 오면서 너랑 만나서 이야기를 나눌 생각에 얼마나 행복했는데……. 아니 내가 무슨 말을 하고 있지? 지금도 행복한데……. 로쟈, 난 널 보는 것만으로도 행복하단다."

"자, 어머니, 계속하세요." 그는 어머니의 손을 꼭 쥐고 말했다. 하지만 시선은 다른 곳을 향하고 있었다. "이제 우리 마음껏 이야기를 나눌 수 있잖아요."

제17장

187

라스콜리니코프는 그 말을 하고 나서 갑자기 얼굴이 창백해졌다. 자기가 지금 무서운 거짓말을 했다는 것을 깨닫고는 무서운 느낌이 마치 죽음의 냉기처럼 차갑게 그를 스쳐 지나간 때문이었다. 이제 그는 어머니와 솔직히 이야기를 나눌 수 없는 것은 물론이고 그 누구와도, 그 무엇에 대해서도 터놓고 말할 수 없었다.

그들의 이야기에 끼어들지 못하고 어정쩡한 가운데 앉아 있던 조시모프가 먼저 인사를 하고 밖으로 나가자 라주미힌도 자리에서 일어났다.

"볼일이 있어서."

"볼일은 무슨 볼일. 조시모프가 간다고 너도 갑자기 볼일 핑계를 대는 거냐? 가지 마……. 그런데 몇 시라고 했지? 아, 두냐! 너 아주 멋진 시계를 가졌구나!"

"마르파 페트로브나가 선물한 거예요."

순간 라주미힌에게 '약혼자 선물이 아니로구나'라는 생각이 스쳤고 왠지 기분이 좋아졌다.

"난 또 루쥔이 준 건 줄 알았지." 라스콜리니코프가 말했다.

"아니, 그 사람은 아직 두네치카에게 아무 선물도 하지 않았어." 어머니의 대답이었다.

그러자 라스콜리니코프는 자신이 더는 미룰 수 없다고 생각했던 것을 말할 기회가 왔다고 생각하고 입을 열었다. 그는 정색을 하고 여동생을 바라보았다.

　"두냐, 어제 있었던 일은 사과하마. 하지만 내가 절대로 내기본 원칙에서 벗어날 생각이 없다는 걸 네게 다짐해야겠다. 나냐, 아니면 루쥔이냐? 나는 비열한 놈이지만 너는 그렇게 되면 안 돼. 둘 중 하나로 족하다. 네가 이 결혼을 받아들인다면 나는 너를 내 누이로 여기지 않겠다."

　그러자 그의 어머니가 외쳤다.

　"로쟈, 로쟈, 이건 어제 이야기랑 똑같지 않니? 네가 왜 비열하다는 거니? 난 견딜 수가 없구나……. 어제도 그러더니……."

　그러자 두냐가 오빠처럼 단호하고 냉정하게 말했다.

　"오빠, 오빠가 잘못 생각하고 있는 거예요. 밤새도록 생각하고 오빠가 뭘 잘못 생각하고 있는지 알아냈어요. 내가 누군가를 위해 나를 희생하고 있다고 오빠가 생각하니까 그렇게 된 거예요. 절대로 그렇지 않아요. 나는 나를 위해서 결혼하는 거예요. 내가 힘들어서 결혼하는 거라고요. 물론 가족에게 도움이 되면 좋겠지만 그것 때문에 결혼하는 건 아니에요."

　'이런 거짓말을!' 라스콜리니코프는 손톱을 물어뜯으며 생각

제17장

189

했다. '오만한 계집애! 내게 도움을 주고 싶다는 걸 스스로 인정하기 싫어서!'

두냐가 다시 입을 열려 하자 라스콜리니코프가 비웃듯이 말했다.

"그래, 그가 네게서 뭘 원한다고 생각하니? 너, 왜 내 말에 얼굴을 붉히는 거니? 두냐, 넌 거짓말을 하고 있는 거야. 오로지 여자로서의 그 알량한 고집 때문에……. 너는 루쥔을 존경하지 않고 존경할 수도 없어. 넌 돈 때문에 자신을 팔면서 자신을 위한다고 말하고 있는 거야. 그게 비열하지 않다는 거냐? 그나마 네가 얼굴이라도 붉히는 걸 보니 다행이다."

두냐는 완전히 냉정을 잃고 외쳤다.

"내가 존경할 수도 없는 사람하고 결혼할 것 같아요? 이건 비열한 짓이 아니에요! 설령 그렇다 하더라도 오빠가 잔인하게 내게 그런 말을 할 수 있어요? 오빠는 오빠 자신도 갖지 못한 영웅적 용기를 왜 내게 요구하는 거예요? 그건 횡포예요! 그 사람이 나를 존중한다는 증거도 있어요."

이어서 그녀가 어머니에게 말했다.

"엄마, 오빠에게 그 사람 편지를 보여주세요."

풀헤리야 일렉산드로브나는 떨리는 손으로 루쥔이 보낸 편지를 아들에게 건네주었고, 그는 그 편지를 두 번이나 주의 깊게 읽었다.

편지를 다 읽고 난 그는 편지를 어머니에게 건네주면서 누구에게랄 것도 없이 중얼거리듯 말했다.

"놀랍군. 늘 법원만 쫓아다니는 변호사니까 얘기도 그런 식으로 하더니! 원, 글도 정말 무식하게 쓰는군!"

모두들 놀랐다. 전혀 생각지 않던 반응이어서였다.

"그 사람들은 다 그렇게 쓰잖아." 라주미힌이 지적했다.

"너도 읽었어? 이 편지?"

"응. 어머니께서 보여주셨어. 그게 바로 법적인 문체잖아." 라주미힌이 대답했다.

"법적? 맞아, 법적이지. 사무적이고……. 그러니 무식하지는 않지만 문학적이지는 않지. 사무적이야. 하지만 그런 것은 그렇다고 치고……. 아주 의미심장한 표현들이 있어. 자, 여기 '그것은 오로지 부인의 탓인 줄 아시길 바랍니다'라는 표현이 있지. 그 밖에 내가 오면 즉시 가버리겠다고 협박하는 내용도 있고……. 그게 무슨 뜻인지 알겠니? 지금이라도 고분고분 말을 듣지 않으면 어머니와 너를 버리겠다는 협박과 똑같아. 페테르부르크까지 불러놓은 마당에 언제라도 버릴 수 있다는 거야.

제17장

191

그래, 두네치카, 넌 그걸 못 느꼈다는 거니?"

"저도 조금은 느꼈던 거예요. 하지만 글투가 거칠다는 생각
만 했는데……. 오빠 판단이 옳아요. 나는 거기까지는 생각 못
했는데……."

"아마 법적으로 쓰다 보니 생각했던 것보다 더 거칠게 되었
겠지. 그런데 두냐, 나는 너를 더 실망시켜야겠다. 나를 비난한
대목인데, 정말 비열한 짓이야. 나는 어제 비탄에 빠진 폐병에
걸린 미망인에게 돈을 주었지. 하지만 '장례비 조로' 준 게 아니
라 분명히 '장례비'로 준 거야. 그리고 그의 표현대로 '노란 딱
지를 달고 있는 그 집 딸에게' 준 게 아니라 그 미망인에게 직
접 주었어. 그자가 왜 그런 표현들을 썼는지 알겠니? 나와 너
를 이간질하겠다는 마음을 성급히 글에 담은 거야. 역시 법적
인 표현이라서 그 의도가 아주 노골적으로 잘 드러나 있지. 그
는 영리한 인간이지만, 정말로 영리하게 행동하려면 영리함 하
나만으로는 부족하다는 것을 몰랐던 거지. 그 때문에 자신의
인간됨이 드러날 줄은 몰랐던 거야……. 자, 이래도 모르겠니?
난 절대로 그자가 너를 존중해주리라고 믿을 수 없어. 내가 왜
이런 말을 하겠니? 진심으로 네가 행복하길 바라는 마음에서
너를 깨우쳐주려고 그러는 거야."

두네치카는 대답하지 않았다.

그녀는 자신을 간절한 눈초리로 바라보는 어머니에게 대답하듯 말했다.

"오빠가 저녁에 오고 안 오고는 제가 결정할 문제가 아니에요. 저는 어머니와 오빠의 뜻에 따르겠어요."

"나는 로쟈가 와줬으면 한다." 어머니가 대답했다.

그러자 다시 두냐가 말했다.

"오빠, 나는 오빠에게 부탁하려고 결심했어요. 그 자리에 꼭 함께 있어줘요. 오빠, 와줄 거죠?"

"가지."

두냐는 라주미힌에게 말했다.

"당신도 와주실 거죠? 엄마, 이분을 초대해도 괜찮지요?"

"암, 좋고말고. 그러는 게 마음이 편해. 차라리 진실을 다 말하자꾸나. 표트르 페트로비치가 화를 내건 말건!"

제18장

그들이 그런 결정을 했을 때였다. 조용히 방문이 열리더니 한 여자가 겁먹은 듯 주위를 둘러보며 안으로 들어왔다. 모두들 놀라움과 호기심에 찬 눈으로 그녀를 바라보았다. 라스콜리니코프는 처음에는 그녀를 전혀 알아보지 못했다. 그가 처음 보았을 때와는 너무나 옷차림이 달랐고 인상도 달랐던 것이다.

그녀는 소피야 세묘노브나 마르멜라도바, 즉 소냐였다. 지금 그녀는 검소하고 초라한 옷차림에 공손하고 예의 바른 태도를 지닌 앳된 아가씨일 뿐이었다.

그녀는 방 안에 뜻밖에도 많은 사람들이 있는 것을 보고 놀란 듯 바로 되돌아 나가려 했다.

"아, 당신이군요." 라스콜리니코프는 몹시 놀라서 엉겁결에 말해놓고는 자신도 당황했다. 그가 소냐에게 자리에 앉으라고 권하자 그녀는 두려움에 떨다시피 하며 엉거주춤 앉으려다가 두 여인을 보고 얼른 벌떡 일어났다. 자신이 어떻게 이 두 여인과 나란히 앉을 수 있는지 스스로도 어리둥절한 모양이었다. 그녀는 몹시 당황한 표정으로 더듬더듬 라스콜리니코프에게 말했다.

"저는…… 그냥…… 잠깐 들른 건데……. 용서하세요……. 전 어머니 심부름으로 왔어요……. 어머니가 내일 장례식에 꼭 오셔달라고 전하라고 해서……. 아침에 기도식이 있어요……. 그러고 나서 저희 집에서 식사라도 한번 하셨으면 해서……."

그녀는 말을 맺지 못했다.

"꼭 가도록 하겠습니다……. 가능한 한……." 라스콜리니코프도 엉거주춤 일어나며 말했지만 말을 맺지는 못했다. 그리고 그녀에게 다시 자리에 앉을 것을 권했다. 소냐는 의자에 앉기는 했으나 어쩔 줄 몰라 하며 시선을 떨구었다. 순간 라스콜리니코프의 창백하던 얼굴이 갑자기 붉어졌으며 몸이 떨렸고 두 눈이 빛났다.

그가 어머니에게 또박또박 말했다.

"어머니, 이분은 소피야 세묘노브나 마르멜라도바입니다. 어제 불행을 당한 세묘노브나 마르멜라도프 씨의 따님입니다."

그는 그녀에게 무사히 모든 일이 끝났는지 물어보면서 찬찬히 그녀를 살펴보았다. 무척이나 야위고 파리한 작은 얼굴은 작고 날카로운 코와 턱 때문에 조금 예민하다는 느낌을 주었다. 예쁘다고 할 수는 없는 얼굴이었지만 푸른 눈은 너무나 맑았으며, 두 눈이 빛을 발할 때는 누구나 끌려들어 갈 정도로 선량하고 순진한 표정이 되었다. 그녀는 열여덟이라는 나이에도 불구하고 나이보다 한창 어린 소녀처럼 보였다.

"그런데 당신 어머니가 어떻게 식사 대접을……. 일을 치르기에도 적은 돈이었을 텐데……." 마치 대화를 이어가려고 애를 쓰는 듯 라스콜리니코프가 물었다.

"관도 아주 싼 걸 쓰고…… 모든 것을 간소하게 처리했더니…… 좀 전에 어머니와 계산해보았더니 추도 식사를 할 정도는 남을 것 같았어요……. 어머니께서 그러길 정말 원하고 계셔요……. 그래야 마음이 좀 놓이실 것 같다고……. 당신도 아시다시피…… 어머니는 그런 분이라서……."

"네, 네, 잘 알지요……. 물론……. 그런데 제 방을 왜 그렇게 둘러보지요? 제 어머니는 관 같다고 하시던데……."

"가지고 계신 걸 어제 몽땅 저희에게 주신 거죠?" 소냐는 대답 대신 빠르게 말하고는 고개를 다시 떨구었다. 그녀의 입술과 턱이 다시 떨리기 시작했다. 이곳에 들어오면서부터 그녀는 라스콜리니코프의 거처가 더없이 궁색한 데 놀라고 있었다. 그런데 그 말이 자신도 모르게 불쑥 튀어나온 것이다.

침묵이 뒤따랐다. 이제까지 정색을 하고 의아한 눈길로 소냐를 바라보고 있던 두네치카의 눈이 부드러운 빛을 띠었다. 소냐를 바라보는 풀헤리야 알렉산드로브나의 눈길도 꽤나 상냥했다.

잠시 후 그들은 모두 밖으로 나갈 채비를 하고 현관으로 나왔다. 어머니는 라스콜리니코프와 라주미힌에게 함께 식사하러 가자고 했으나 라스콜리니코프는 볼일이 좀 있다며 나중에 가겠다고 했다. 식사 초대를 받은 라주미힌의 얼굴이 벌겋게 상기되었음은 물론이다. 라스콜리니코프는 라주미힌도 함께 남아달라고 했다. 모녀는 나중에 둘이 함께 오라고 한 후 먼저 숙소를 향해 떠났다.

라스콜리니코프는 소냐에게 오늘이라도 들르겠다며 어디 사는지 주소를 알려달라고 했다. 소냐는 자기 주소를 알려주면서 얼굴을 붉혔다. 그러자 라스콜리니코프가 그녀에게 물었다.

"아, 참, 그런데 제 집은 어떻게 찾으셨습니까?"

제18장

"어제 폴렌카에게 주소를 알려주셨잖아요."

"폴렌카……? 아, 그렇지 폴랴……! 그 꼬마 여자애. 당신 여동생이지요? 그럼 제가 그 애에게 주소를 알려주었던가요?"

"어머나, 정말 잊으셨어요?"

"아니, 기억납니다."

"그리고 당신 이야기는 돌아가신 아버지에게도 들은 적이 있어요. 그땐 아직 당신 성함을 몰랐지만……. 어제서야 당신 성함을 알아두었지요……. 그래서 라스콜리니코프 씨 댁이 어디냐고 물어볼 수 있었지요……. 전 당신이 하숙하고 있는 줄은 몰랐어요. 그럼 안녕히……. 저는 어머니에게 가겠어요." 그런 후 그녀는 두 사람과 헤어져 총총히 제 갈 길을 갔다.

우리는 라스콜리니코프와 라주미힌을 그 자리에 둔 채 잠시 소냐의 뒤를 따라가보기로 하자.

마침내 두 사람과 헤어져 혼자 있게 되자 소냐는 기뻤다. 오늘 주고받은 말 한마디, 한마디, 장면 하나하나를 혼자 떠올리고 생각할 수 있게 되어서였다. 이제까지는 결코 이런 느낌을 가져본 적은 단 한 번도 없었다. 뭔가 알지 못할 새로운 세계가 그녀의 영혼에 스며들어 온 것이다. 그녀에게 갑자기 라스콜리니코프가 오늘 찾아오겠다고 한 말이 떠올랐다. 어쩌면 아침에 올지도, 아니면 당장일지도!

'아, 오늘만 아니라면! 제발 오늘만 아니라면!' 그녀는 중얼거렸다. 마치 물에 빠진 사람처럼, 혹은 겁에 질린 어린아이처럼 가슴이 저려왔다. '오, 내 집에! 그 집에……. 다 알게 될 거야……. 오, 맙소사……!'

그때 그녀는 너무 자기 생각에 빠져 있었기에 어떤 낯선 남자가 자기를 주의 깊게 바라본 후 뒤를 밟고 있는 것을 알아챌 수 없었다. 그 사나이는, 그녀가 라주미힌과 라스콜리니코프와 인도에서 잠시 발을 멈추고 대화하던 중 "라스콜리니코프 씨 댁이 어디냐고 물어볼 수 있었지요"라고 하는 말을 지나가다가 우연히 들었다. 그는 갑자기 움찔하더니 라스콜리니코프의 집을 눈여겨보았다. 그리고 그녀가 그들과 헤어지기를 기다리다가 그녀의 뒤를 따르기 시작했다.

그는 쉰 살가량의 중늙은이로서 약간 큰 키에 떡 벌어진 어깨를 하고 있었다. 우아하면서도 편안한 옷차림에 꽤 지체가 높은 사람 같았다. 그는 장갑 낀 손에 멋진 지팡이를 들고 걸음을 옮길 때마다 보도를 딱딱 짚으며 걷고 있었다. 턱뼈가 발달한 넓은 그의 얼굴은 잘생긴 편이었지만, 약간 붉은빛이 도는

제18장

199

혈색은 페테르부르크 사람들의 혈색과는 달랐다. 그의 금발은 간간이 희끗희끗한 모습을 보였지만 아직 숱이 많았다. 입술은 짙은 붉은색이었고 푸른 눈은 그가 냉정하고 주의 깊으며 생각이 많은 사람임을 알 수 있게 해주었다. 한마디로 자신을 아주 잘 가꾸어서 나이보다 훨씬 젊어 보이는 사람이었다.

소냐가 운하에 이르렀을 때 보도에는 그 두 사람밖에 없었다. 자기 집에 도착한 소냐는 안으로 들어섰다. 그녀를 뒤따르던 사내는 조금 놀란 듯 그녀를 따라 집 안으로 들어섰다. 그녀가 안마당에 들어선 후 자기 방으로 올라가는 층계가 있는 오른쪽으로 방향을 틀자 그는 "어럽쇼!"라고 중얼거리더니 뒤따라 층계를 오르기 시작했다. 그녀는 3층으로 올라가더니 9호실 초인종을 눌렀다. 그녀가 방 하나를 세 들어 사는 재봉사의 집이었다. 그걸 본 사내는 놀란 듯 "이걸 보게! 이런 우연의 일치가!"라고 중얼거리며 이웃한 8호실의 초인종을 눌렀다.

그는 소냐를 바라보며 미소 짓고 말했다.

"이웃에 사시는군요. 어제 그 집에서 조끼를 고쳤지요. 나는 바로 이웃, 여기 살고 있습니다."

소냐가 말없이 그를 바라보자 그가 왠지 매우 유쾌하게 말을 이었다.

"이웃사촌인 셈이네요. 나는 이곳 페테르부르크에 온 지 사흘밖에 안 되었습니다. 자, 그럼 또 봅시다!"

소냐는 대답하지 않았다. 누군가 문을 열어주었고 그녀는 자기 방 안으로 미끄러져 들어갔다. 뭔지 모를 두려움과 수치심이 그녀를 사로잡고 있었다.

이제 우리의 눈길을 다시 라스콜리니코프와 라주미힌에게로 돌려보기로 하자.

그녀가 떠나자 라스콜리니코프가 라주미힌에게 물었다.

"네가 잘 아는 사람이라고 했지? 그 사람 이름이 뭐라고 했더라? 포르……."

"아, 포르피리 페트로비치? 잘 알지. 친척 형뻘인데……. 그런데 그 형 이야기는 갑자기 왜?"

"그 사람이 지금 그 사건……. 그 노파 살인 사건 말이야……. 그걸 다루고 있다고 했지?"

"맞아……. 그런데?" 라주미힌이 눈을 크게 뜨며 물었다.

"그 사람이 노파에게 물건을 전당 잡힌 사람들을 심문하고 있다며? 나도 거기에 잡힌 게 있어. 대단한 건 아니지만……. 내가 페테르부르크로 올 때 누이동생이 기념으로 준 반지와 아버지 은시계야. 다 합해봐야 5~6루블 정도지만 내겐 소중한 것들이야. 그걸 잃으면 안 될 것 같아서……. 그런데 어떻게 해야 할지 모르겠어. 경찰서에 신고해야 하는 것도 알지만 빨리 처리하려면 포르피리에게 직접 말하는 게 낫지 않을까? 혹시 식사 때 어머니가 물어보시면 곤란할 것 같아."

"그래, 경찰서에 가면 안 돼! 형 집이 여기서 두어 걸음 정도니까 당장 가보도록 하자." 웬일인지 라주미힌이 몹시 흥분해서 소리쳤다.

"좋아, 가보자."

둘은 포르피리의 집을 향해 발걸음을 옮겼다. 가는 길에 라주미힌이 말했다.

"그 형, 너를 보면 무지무지 좋아할 거야. 내가 네 얘기를 여러 번 많이 했거든……. 그런데 너도 그 노파를 알고 있구나……. 난 네가 물건을 전당 잡힌 줄은 모르고 있었거든. 그래, 그게 언제야?"

"언제였냐고? 글쎄, 죽기 사흘 전이었나? 그런데 난 지금 그 물건들을 빨리 찾으려고 포르피리를 찾아가는 게 아니야. 지금 내게 1루블짜리 은화 한 닢밖에 없거든. 그놈의 열병 때문에……." 라스콜리니코프는 유난히 열병이라는 단어에 힘을 주었다.

그러자 라주미힌이 확신에 찬 듯 말했다.

"그래, 그래, 이제 확실해졌어……. 그래서 그때 네가 그렇게 충격을 받은 거야……. 실은 네가 헛소리를 할 때 반지가 어떻고 목걸이 줄이 어떻고 중얼거렸거든……. 이제야 왜 그랬는지 알겠네."

"지금 가면 계실까?"

"물론이지. 멋진 형이야. 아주 머리가 좋아. 다만 조금 특이한 면이 있어. 뭐랄까……. 그래! 사람을 잘 믿지 않고 냉소적이야……. 물증을 중시하는 좀 낡은 면이 있지만 그래도 자기 일은 정말 잘 처리해……. 작년에도 오리무중에 빠진 사건을 멋지게 해결한 적이 있거든……. 정말 너랑 굉장히 친해지고 싶어 해!"

"아니 왜?"

"뭐, 별건 아니고……. 실은 네가 요즘 병에 걸렸을 때 네 이야기를 많이 했거든……. 네가 법대생이면서 형편 때문에 졸업을 못 하고 있다는 이야기도 했어."

두 사람은 입을 다물었다. 라스콜리니코프는 생각했다.

'그래, 그자에게 신세타령을 늘어놓아야겠다. 그것도 되도록 자연스럽게……. 젠장, 일이 어떻게 돌아갈까? 내가 이렇게 찾아가는 게 과연 잘하는 짓일까? 나방은 스스로 촛불로 뛰어드는 법인데……. 이런, 가슴이 뛰네……. 이건 좋은 징조가 아니야…….'

"저기 저 회색 집이야." 라주미힌이 말했다.

그러자 라스콜리니코프는 아주 교활한 미소를 지으며 라주미힌에게 말했다.

"그런데, 너 오늘 보니까 아침부터 무척 흥분해 있더라. 그렇지 않아?"

라주미힌이 얼굴을 잔뜩 찌푸리며 그의 말을 받았다.

"흥분? 무슨 흥분? 무슨 말도 안 되는 소리를!"

"내가 다 알아. 의자 귀퉁이에 앉아 달달 몸을 떨다가 갑자기 일어나곤 하는 거 내가 다 봤어. 얼굴이 빨개지기도 하고……. 식사 초대를 받았을 때는 아예 홍당무가 되더군. 저런, 지금 또 새빨개졌네."

"이런 개 같은 자식! 너 정말!"

"뭘 그렇게 당황하시나, 로미오 양반! 가만, 오늘 이 이야기를 꼭 해줘야 할 장소가 있네……. 어머니는 굉장히 재미있어 하실 거야……. 그리고 또 한 사람도……."

"너, 그런 짓 하면 어떻게 될지 알지? 너, 정말……. 이 개자식이!"

"와, 정말 새빨개졌네……. 꼭 봄날 장미꽃이야! 너한테 딱 어울려! 육척 장신의 로미오라!"

라스콜리니코프는 배를 움켜잡고 웃으며 포르피리의 집에 들어섰다. 그는 짐짓 그렇게 행동한 것이었다. 그의 웃음소리가 안에서도 들리게 할 필요가 있다고 그는 생각했던 것이다. 라주미힌은 그의 어깨를 움켜쥐고 씩씩거리고 있었다.

제18장

제19장

라스콜리니코프는 웃음을 참으려 안간힘을 쓰는 표정으로 집 안으로 들어섰다. 그리고 붉으락푸르락한 얼굴의 라주미힌이 어색한 모습으로 그의 뒤를 따르고 있었다. 그리고 라스콜리니코프가 일부러 연출한 그런 우스꽝스러운 모습은 집 안에 들어서서도 계속되었다. 라스콜리니코프는 어떤 식으로건 자연스러운 평상심을 지닌 모습으로 그 집에 들어서고 싶었던 것이다.

그의 속셈은 어느 정도 들어맞았고 라스콜리니코프는 이 웃음을 자연스럽게 끝낼 순간을 엿보고 있었다. 하지만 뜻밖의 모습을 발견하고 그는 충격을 받았고 불쾌해졌다. 방 한구석 의자에 자묘토프가 앉아 있었던 것이다.

안으로 들어서자 라주미힌은 갑자기 멋쩍은 웃음을 터뜨리더니 언제 그랬냐는 듯 명랑한 얼굴로 포르피리에게 말했다.

"자, 형에게 이 친구 소개할게. 형도 들어서 알겠지만 로지온 로마노비치 라스콜리니코프야. 형에게 좀 볼일이 있어서 왔어. 그런데 자묘토프, 여긴 어인 일이야? 둘이 알던 사이였던 거야? 나한테 형을 소개시켜달라고 그렇게 졸라대더니."

"어제 자네 집에서 만난 거야." 자묘토프는 좀 당황한 듯했으나 거리낌 없는 어조로 말했다.

포르피리 페트로비치는 긴 실내복에 실내화를 신은 아주 편한 복장이었다. 서른다섯 살가량의 약간 작은 키에 배가 나온 사람이었다. 깨끗하게 면도를 한 얼굴에 좀 부은 듯한 얼굴은 병색이 있는 것 같기도 했지만 표정은 밝았으며 좀 비웃는 것 같은 기색도 엿보였다. 하지만 그 눈빛만 아니었다면 거의 선량해 보인다고 말할 수 있는 얼굴이었다. 거의 흰색에 가까운 속눈썹에 덮인 눈은 촉촉하게 젖어 있었으며 마치 누군가에게 윙크라도 하듯 끊임없이 껌뻑거리고 있었다. 그의 눈초리는 그의 얼굴 모양이나 몸짓과는 어울리지 않는 듯했으며, 그의 첫인상과는 달리 그에게서 진지한 풍모를 느끼게 해주고 있었다.

라스콜리니코프는 짧고 분명하게 자신의 용건을 설명했다.

그러자 포르피리가 "경찰에 신고하셔야 합니다"라고 지극히 사무적으로 대답했다. 그런 후 간단하게 덧붙였다.

"내용을 설명하고 선처를 부탁한다고 쓰면 됩니다."

그는 말을 마친 후 눈을 가늘게 뜨고 왠지 비웃는 듯한 표정으로 라스콜리니코프를 바라보았다. 하지만 너무 순간적이어서 라스콜리니코프만 그렇게 느꼈을 수도 있었다.

"죄송합니다. 이런 하찮은 일로 번거롭게 해드려서……. 하지만 제게는 무척 소중한 물건들이라서……. 만일 그 시계가 없어진 걸 아신다면 어머니께서 너무나 낙담하실 것 같아서……."

라스콜리니코프는 그렇게 말하면서 속으로 생각했다.

'잘 해냈을까? 자연스러웠을까? 좀 과장되지는 않았을까?'

"어머니께서 오셨습니까?" 포르피리가 물었다.

"네."

"언제 오셨지요?"

"어제저녁입니다."

포르피리는 생각에 잠긴 듯 말문을 닫았다.

잠시 후 그가 다시 말했다. 침착하고 냉정한 목소리였다.

"당신 물건들이 없어질 염려는 할 필요가 없었습니다. 나는 오래전부터 당신을 기다리고 있었습니다."

라스콜리니코프는 움찔했다. 하지만 포르피리는 담뱃재로 양탄자를 무참히 더럽히고 있는 라주미힌에게 재떨이를 내미느라 그 모습을 보지 못한 것 같았다.

"뭐야? 이 친구를 기다렸다고? 그럼 형은 이 친구가 거기 전당 잡힌 물건이 있었던 걸 알고 있었단 말이야?" 라주미힌이 소리쳤다.

포르피리는 라주미힌에게 시선을 주지 않은 채 라스콜리니코프에게 또박또박 말했다.

"당신의 반지와 시계는 종이에 싸인 채 그 집에 있었습니다. 종이 위에 당신 이름이 분명하게 적혀 있었지요. 날짜까지 적어놓았더군요. 전당 잡힌 사람들은 모두 다 물건 때문에 찾아왔는데 왜 당신만 안 왔는지 의아해하고 있었지요."

"몸이 안 좋았습니다."

"그건 들어서 알고 있습니다. 게다가 무엇 때문인지 좀 혼란스러워했다는 것도. 지금도 안색이 좀 창백하군요."

"전혀 그렇지 않습니다. 저는 완벽하게 건강합니다." 라스콜리니코프가 그의 말을 도중에 자르고 말했다.

순간 라스콜리니코프에게는 이들이 모든 것을 알고 있으리라는 의심이 들었다. 마치 고양이가 쥐를 가지고 놀듯 자신을 가지고 노는 것 같았다. 자묘토프가 이곳에 와 있는 것도 이전에 자신이 술집에서 그에게 한 말을 전하기 위해서인 것 같았다. 자신이 오기 전에 틀림없이 그 이야기를 하고 있었던 것 같았다.

포르피리가 차를 시키러 나간 사이 라스콜리니코프는 생각했다.

'그렇다면 이들은 내가 그 집에 다시 한번 갔던 걸 알고 있을까? 그래, 속속들이 다 알고 있을 거야. 하지만 어머니가 온 것은 모르고 있었잖아. 뭐야? 그 할망구가 이름하고 날짜까지 꼼꼼히 적어놓았다고! 그렇지만 그건 아직 아무런 물증도 안 돼! 내가 호락호락 넘어갈 줄 알고! 그런데 내가 여길 왜 왔지? 내가 지금 왜 이렇게 화를 내고 있지? ……어쨌든 이자들은 나를 떠보고 있어. 내가 거기 넘어가면 안 돼!'

그 모든 생각이 전광석화처럼 그의 뇌리를 스쳐 지나갔다.

곧 돌아온 포르피리는 갑자기 유쾌해진 듯 이전과 전혀 다른 어조로 라주미힌에게 말했다.

"이봐, 어제 너네 집에서 즐기고 온 후에 내가 좀 멍청해진 것 같아."

"어땠는데? 재미있었어? 한창 열띠게 토론할 때 내가 자리를 떴잖아. 형, 그래서 누가 이겼어?"

"물론 아무도 이긴 사람은 없지. 영원히 풀 수 없는 문제를 갖고 헤맸으니까. 그냥 허공을 날아다녔지."

그러자 라주미힌이 라스콜리니코프에게 말했다.

"로쟈, 어제 무슨 문제로 우리가 토론했는지 알아? 죄는 과연 존재하느냐 아니냐 하는 문제였어. 정말 정신없이 떠들어 댔지."

그러자 라스콜리니코프가 심드렁하게 말했다.

"놀랄 게 뭐 있어? 그냥 평범한 사회문제일 뿐인데."

"꼭 그런 게 아니었어. 로쟈, 잘 들어. 듣고 네 의견을 말해 봐. 우선 사회주의자들의 의견이 나왔어. 간단한 명제야. 사회에서 행해지는 모든 죄는 비정상적인 사회조직에 대한 반작용이라는 거지. 사회조직이 정상적으로 움직인다면 모든 범죄는 단번에 사라질 것이라는 견해야. 하지만 그들은 인간의 본성에 대해서는 조금도 고려하고 있지 않아. 그들은 역사도 무시해. 사회가 역사적 발전 단계를 거쳐 정상에 이른다고 보지 않으니까. 어느 한순간의 정상적 사회조직의 힘으로 인류 전체를 죄 없게 만들 수 있다고 믿고 있으니까. 역사도 싫어하고 살아 있는 영혼도 싫어해. 사람이 세상을 살아가면서 부딪치는 모든 문제들이 아주 간단하게 해결된다는 거지. 아주 매력적인 해결 방식이야. 생각조차 필요 없으니까. 삶의 모든 비밀이 종이 두 장에 요약될 수 있으니 무슨 복잡한 생각이 필요하겠어?"

"드디어 터져 나오셨군. 마치 우박처럼 북을 잘도 두드리네." 포르피리가 웃으면서 말한 후 라스콜리니코프 쪽으로 몸을 돌렸다.

"자, 생각해봐요. 어제저녁에도 꼭 이랬으니. 단칸방에서 잔뜩 술에 취해 이런 이야기들을 떠들어대고 있었으니……."

이어서 그는 라주미힌을 향해 말했다.

"아닐세, 이 친구야. 그렇게 간단히 매도할 게 아니야. '환경'이란 건 범죄에서 아주 큰 역할을 차지한다고."

"형, 그건 나도 알아. 하지만 말해봐. 마흔 살이나 된 사나이가 열 살짜리 여자아이를 욕보였다면 그것도 사회 환경 탓이라고 말할 거야? 그 사내가 병든 게 아니고?"

"뭐, 엄밀한 의미에서는 그것도 환경 탓이라고 할 수 있지." 포르피리는 놀랄 만큼 진지하게 말했다. "그런 범죄도 환경의 관점에서 얼마든지 설명될 수 있어."

그러자 라주미힌이 흥분해서 말했다.

"형은 언제나 저렇게 능청을 떤다니까! 어제도 그 녀석들 편을 들긴 했지. 하지만 그 녀석들을 놀려주려고 그런 거잖아. 형은 겉과 속이 정말 달라."

그러자 라스콜리니코프가 포르피리에게 물었다.

"정말로 그렇게 능청을 잘 부리십니까?"

"내가 그런 줄 몰랐던 모양이군요. 잠깐 기다려봐요. 당신도 골려줄 테니. 허허, 아닙니다. 당신에게는 진실을 말하지요. 저 친구와 이야기를 나누다보니 생각이 났는데, 당신이 쓴 소논문 말입니다……. 제목은 잘 생각이 안 나는데……. '죄에 관하여'였던가? 아무튼 두 달 전에 「정기논단」에서 잘 읽었습니다."

"제 논문이요? 「정기논단」에서라고요?" 라스콜리니코프는 놀라서 물었다. "실은 반년 전, 휴학하게 되었을 때 논문 한 편 쓴 게 있긴 합니다. 하지만 「주간논단」에 투고했지 「정기논단」에 투고하지는 않았는데요. 그리고 「주간논단」이 곧바로 폐간되어 글이 실리지 않았는데요."

"모르고 있던 모양이군요. 「주간논단」이 폐간되면서 두 잡지가 합쳐졌습니다. 그래서 당신 논문이 「정기논단」에 실리게 된 모양입니다. 몰랐습니까?"

라스콜리니코프는 모르고 있던 사실이었다. 그가 고개를 가

제19장

로젓자 포르피리가 말을 이었다.

"죄를 범할 때는 언제나 병이 수반되기 마련이라는 주장을 하고 있던데……. 대단히 독창적입니다. 그런데 내가 정작 관심이 있던 것은 그 주장 자체가 아니라, 논문 말미에서 당신이 슬쩍 보여준 견해인데……. 아쉽게도 명확하지가 않더군요. 기억납니까? 한마디로 말하자면 세상에는 그 어떤 고약한 짓과 범죄를 행할 수 있는…… 아니, 그런 것을 행할 권리가 있는 몇몇 사람들이 존재한다는……. 법은 그런 사람들을 처벌하기 위해 존재하는 것이 아니라는…… 그런 암시로 되어 있었던 것 같던데……."

라스콜리니코프는 자신의 생각을 의도적으로 억지로 왜곡하는 것을 보고 웃었다.

"뭐야? 도대체 무슨 소리야? 죄를 범할 권리?" 라주미힌이 당혹스러운 표정으로 말했다.

"이 양반 논리에 의하면 모든 사람은 '평범한 사람'과 '비범한 사람'으로 분류가 된다는 거야. 평범한 사람은 법에 복종하며 살아야 해. 왜냐? 평범한 사람이니까. 반면에 비범한 사람은 단지 그들이 비범하다는 이유만으로 온갖 죄를 다 지을 수 있고 법을 넘어설 수 있는 권리를 갖고 있다는 거야."

아연한 라주미힌이 다시 중얼거리듯 말했다.

"어떻게 그럴 수 있어? 그건 말도 안 돼!"

라스콜리니코프는 다시 한번 빙그레 웃었다. 그는 무엇이 문제되고 있는지, 상대방이 자신을 어디로 몰고 가려 하는 것인지 단번에 알아챌 수 있었다. 그는 자신의 논문을 똑똑히 기억하고 있었다. 그는 도발에 응하기로 결심했다.

그는 겸손한 말투로 말문을 열었다.

"제가 그 논문에서 말하고자 했던 게 꼭 그런 건 아닙니다. 사실 당신은 제 논문의 내용을 거의 정확하게 설명해주셨습니다. 아니, 완벽하게 정확하다고 할 수 있을 것입니다. 하지만 단 한 가지, 저는 비범한 사람은 언제나 죄를 범할 수 있고, 그럴 의무가 있다고 주장한 것은 아닙니다. 다만 저는 비범한 사람에게는 일종의 권리가 있다는 것을 암시했을 뿐이지요. 물론 공적인 권리가 아닙니다. 제가 말하고자 했던 것은…… 그 무언가를…… 그러니까 그 어떤 장애물을 뛰어넘는 것을 자신의 양심에게 허용할 권리가 있다는 것……. 제 논문이 명확하지 않다고 말씀하셨지요? 그렇다면 가능한 한 명확하게 설명해드리겠습니다. 뉴턴이 위대한 발견을 했는데, 그 위대한 발견을 발표하는 데 장애가 되는 사람들이 있었다고 치지요……. 그럴

제19장

경우 뉴턴에게는 전 인류에게 그 위대한 발견을 보급하기 위해 그런 장애들을 제거할 권리, 심지어 의무까지 있을 거라는 겁니다.

저는 논문에서 이런 예도 들었던 것 같습니다. 역사적으로 위대한 업적을 이룬 지도자들은 하나같이 새로운 법을 만들었으며, 구법을 타파했습니다. 그리고 새로운 세상을 건설하기 위해 유혈도 마다하지 않았습니다. 그들은 그들이 타파한 구법에 의해서뿐만이 아니라, 사람을 죽였다는 의미에서 이미 죄를 범한 사람들입니다. 제가 말하고자 하는 것은, 그런 위대한 사람들뿐 아니라 주어진 틀에서 조금이라도 벗어난 사람, 즉 무언가 새로운 것을 말할 능력을 조금이라도 지닌 사람은 본질상으로 범죄자가 될 수밖에 없다는 사실입니다. 그렇지 않고서는 주어진 틀에서 결코 벗어날 수 없으니까 말이지요.

사실 제 논문에는 새로운 게 하나도 없습니다. 그런 내용의 논문은 이미 수도 없이 발표되었고 읽혀졌습니다. 물론 평범한 사람과 비범한 사람의 분류가 다소 자의적이었던 것은 인정합니다. 하지만 저는 지금도 인간은 자연법칙상 두 부류로 나뉜다고 믿습니다. 자기와 비슷한 종족을 낳는 데만 종사할 뿐인 인간들과 자신이 속한 사회에서 *새로운 말*을 할 수 있는 재능을 갖고 태어난 인간들의 두 부류 말입니다. 후자에게는 더욱 훌륭한 것을 이루기 위해 현재의 것을 파괴할 권리가 있습니다. 그렇지만 어디까지나 자신의 양심이 허락할 때에만 가능합니다."

라스콜리니코프의 제법 긴 이야기에 말없이 귀를 기울이고 있던 포르피리가 이윽고 입을 열었다.

"당신의 견해에 대해 물어볼 것이 많습니다만, 한 가지만 묻지요. 비범한 사람은 평범한 사람과 어떻게 구별됩니까? 태어날 때부터 무슨 표식이 있나요? 가능한 한 정확하게 구분할 수 있어야 한다, 말하자면 밖으로 드러난 확실한 징표가 있어야 한다는 게 내 생각입니다. 우리같이 평범한 사람은 당최 불안해서……. 만일 혼란이 생겨 평범한 부류에 속하는 사람들이 자신이 비범한 부류에 속한다고 착각하고, 당신 말대로 장애들을 제거하기 시작하면……."

"아, 네, 그런 일은 자주 벌어집니다. 정말 예리한 지적입니다. 실제로 평범한 부류의 사람들이 천성적으로 복종 성향을 지니고 태어났음에도 불구하고 자신을 선각자로 착각하는 일이 벌어집니다. 자연의 장난 때문이라고 해두지요. 그 경우 그들은 진짜 새로운 사람을 알아보지 못하고 오히려 뒤떨어진 사

제19장

217

람으로 착각하고 경멸하는 일이 벌어집니다. 대단히 위험해 보이지요? 하지만 그다지 걱정할 필요 없습니다. 그들은 그들의 생각을, 물론 잘못된 생각입니다만…… 절대로 실현할 수 없으니까요. 그냥 나중에 채찍질이나 해주면 됩니다."

"그렇다면 평범한 부류의 인간들은 별로 위험하지 않으니 안심해도 된다 이거지요? 마음이 놓이네요. 그렇다면 다른 질문을 하나 해보지요. 당신이 분류한 비범한 범주의 사람들, 다른 사람들을 죽일 권리를 가진 사람들의 수는 많습니까? 나로서야 그 앞에서 고개를 숙일 준비가 되어 있지만, 어쨌든 그런 사람들이 너무 많다면 좀 무섭지 않겠어요?"

라스콜리니코프는 차분한 어조로 말을 이었다.

"아, 네, 그것도 걱정하지 마십시오. 새로운 것을 말할 수 있는 사람은 극소수에 지나지 않으니까요. 대략 말하자면 만 명 중의 하나랄까? 그가 지닌 사상의 크기에 달린 거지요. 정말 위대한 새로운 생각을 말할 수 있는 사람은 수백만 중의 하나일 수도 있고, 인류를 구원할 위대한 천재는 수십억 인간이 지상에서 사라진 후에야 나타날지도 모릅니다."

그의 말이 끝나기도 전에 이제까지 얌전히 두 사람의 이야기를 듣고 있던 라주미힌이 참지 못하고 소리를 질렀다.

"아니, 두 사람 다 뭐 하는 거야? 농담하고 있는 거야? 둘이 서로 속여 넘기기 게임을 하는 거야, 뭐야? 이봐, 로쟈, 네가 한 말이 전혀 새롭지 않다는 건 나도 인정해. 하지만 양심에 걸리지만 않는다면 피를 보아도 된다는 말은 들어본 적이 없어. 그건 너만의 생각이야……. 양심에 의거해 살인을 허용할 수 있다? 그건 공식적으로나 합법적으로 그런 걸 허용하는 것보다 더 무서운 일이야."

그러자 포르피리가 맞장구쳤다.

"맞아. 아주 무서운 일이지."

"로쟈, 네가 절대로 그런 글을 썼을 리가 없어. 어쩌다 형 말장난에 끌려 들어간 거야. 내가 반드시 그 논문을 읽어보겠어."

"논문에는 그런 거 안 나와. 그냥 암시만 했을 뿐이야."

그러자 포르피리가 다시 말했다.

"암, 그렇다마다. 이제 마지막으로 한 가지 정말 궁금한 걸 묻지요……. 두 부류의 인간에 대해서는 당신 말을 듣고 안심이 됩니다만 한 가지 걸리는 게 있어서……. 아주 실질적인 문제입니다……. 만약에 어떤 젊은이가 자신이 마호메트 같은 존재라고 생각하고……. 눈앞에 위대한 여정이 놓여 있다고 생각하고……. 그 여정을 위해 돈이 필요하다고 생각했다면? ……

그리고 그 자금 확보에 착수했다면?"

그때 구석에 앉아 있던 자묘토프가 피식하고 웃음을 터뜨렸다. 라스콜리니코프는 그에게 눈길조차 주지 않은 채 말했다.

"그런 경우가 실제로 있을 겁니다. 어리석고 허영심에 가득 찬 자들이 그런 미끼를 덥석 물지요. 특히 젊은이들이……."

"그러면 어떻게 되는 겁니까?"

"뭘 그리 걱정하십니까? 사회는 여전히 안전할 텐데요. 유형과 감옥이 있고, 예심판사와 징역이 있는데……. 그 살인범이나 찾아내시지요."

"이거 참, 그렇다면 하나만 더 물어보지요. 너무 성가시게 하는 것 같아 미안하지만……."

"어서 말씀해보시지요."

라스콜리니코프는 정색을 하고 포르피리의 말을 기다렸다. 포르피리가 대단히 망설이는 투로 말을 이었다.

"이거…… 어떻게 표현해야 할지……. 너무 엉뚱한 생각이라서……. 심리적인 문제이기도 하고……. 그러니까 당신이 그 논문을 쓸 때…… 정말 그럴 리는 없겠지만…… 헤헤…… 혹시 당신이…… 아주 조금이라도…… 당신 자신을 '비범한 사람'으로, 당신 표현대로 '새로운 말'을 하는 사람으로 여기지는 않았는지······."

"그럴 수도 있었겠지요." 라스콜리니코프는 경멸조로 답했고 라주미힌은 몸을 부르르 떨었다.

"만약 그랬다면 당신도 결단을 내렸을까요? 생활상의 어려움 때문에, 혹은 인류에게 공헌하기 위해 장애를 뛰어넘으려는 결단을······."

"설사 내가 그 장애를 뛰어넘었다고 해도 당신에게는 말하지 않았을 겁니다." 라스콜리니코프는 도발적이고 오만한 말투로 경멸의 빛을 담아 대답했다.

"아니, 그냥 당신 논문을 잘 이해하려고 물었을 뿐이니, 이상하게 생각할 것 없습니다."

'정말 너무 노골적이고 뻔뻔한 수작이로군'이라고 라스콜리니코프는 생각했다. 라스콜리니코프는 말을 이었다.

"이 말씀을 꼭 드려야겠군요. 저는 저 자신을 마호메트나 나폴레옹, 혹은 그 누구든 그와 비슷한 사람으로 여기지 않습니다. 제가 그런 인간이 아닌 이상 제 행동이 어떠했을 것인가에 대해서는 만족스런 답을 해드릴 수가 없군요."

"아니, 무슨 말을! 지금 우리 러시아에서 나폴레옹을 자처하지 않는 사람이 어디 있습니까?" 포르피리가 갑자기 끔찍이도

제19장

친절한 말투로 말했다.

그때였다. 이제까지 아무 말도 없었던 자묘토프가 불쑥 입을 열었다.

"지난주에 도끼로 알료나 이바노브나를 죽인 자도 무슨 미래의 나폴레옹이 아니었을까요?"

라스콜리니코프는 말없이 뚫어져라 자묘토프를 바라보았고 라주미힌은 이맛살을 찌푸렸다. 그렇게 잠시 침묵이 흘렀다. 라스콜리니코프는 나가려고 몸을 돌렸다. 그러자 포르피리가 말했다.

"참, 한 가지만 더 묻지요. 당신이 그곳에 마지막으로 들렀던 사람들 중 한 사람이니까, 아마 우리에게 유익한 정보를 줄 수도 있을 겁니다. 전당 잡힌 사람들과는 다 이야기를 나누었는데 당신 진술은 아직 듣지를 못해서……. 실례지만 거기 갔을 때가 7시 조금 지나서였다고 했지요?"

"네, 맞습니다."

"혹시 그때 2층 방에서 칠을 하고 있던 일꾼들을 못 보았습니까?"

"아뇨, 전혀 보지 못했습니다."

라스콜리니코프는 질문의 함정이 어디에 있는지 알아내려고 집중하느라 온몸이 마비되는 것 같았다.

그때 라주미힌이 버럭 소리를 질렀다.

"아니, 형은 도대체 무슨 소리를 하는 거야! 이 친구가 거기 간 건 살인이 있기 사흘 전이잖아. 칠장이들은 살인이 있던 날 일을 하고 있었고! 대체 뭘 묻는 거야?"

"아, 내가 착각을 했네. 빌어먹을! 이 사건 때문에 머리가 뒤죽박죽이라니까!"

라스콜리니코프와 라주미힌은 밖으로 나갔고 포르피리는 지극히 상냥하게 그들을 문까지 배웅했다. 둘은 곧 거리로 나섰다. 몇 걸음 걷는 동안 둘은 한마디 말도 없었고 라스콜리니코프는 깊은 숨을 몰아쉬었다.

제20장

둘은 말없이 얼마 동안 거리를 걸었다. 이미 풀헤리야 알렉산드로브나와 두냐가 오래전부터 그들을 기다리고 있는 바칼레예프 여인숙에 가까워지고 있었다. 그때 라주미힌이 흥분한 어조로 말했다.

"도무지 말도 안 돼! 믿을 수 없어! 너를 의심하다니!"

"믿지 마." 라스콜리니코프는 마치 남의 일이라는 듯 미소를 지으며 말했다.

"그런데 이상해. 그들이 정말 엉뚱한 생각을 하고 있었다면 무슨 수를 써서라도 자기들 생각을 감추려 했을 텐데……. 나중에 덜미를 낚아채려고……. 그런데 너무 노골적이잖아."

"왜 그런지 몰라? 아무런 물증이 없어서 그러는 거야. 모든 게 신기루 같고 손에 잡히는 게 없으니까 나를 당황하게 만들려고 그런 거야. 어쩌면 무슨 속셈이 있을지도⋯⋯. 포르피리는 영리하니까⋯⋯. 자기가 뭔가 알고 있다고 믿게 해서 나를 불안하게 만들려 했는지도⋯⋯. 아주 교묘한 심리전 같은 거지⋯⋯. 하지만 다 역겨운 이야기니까, 그런 얘긴 그만하자."

"아니, 도대체 널 의심하다니! 네게 한꺼번에 들이닥친 힘든 상황들을 생각하면 네가 기절했던 것도 당연한 거야. 동정을 받아야 할 것들을 거꾸로 의심의 근거로 삼다니! 놈들 얼굴에 침이라도 뱉어주고 싶은 기분이야. 자, 기운 내!"

바로 그 순간 라스콜리니코프는 갑자기 뜻밖의 걱정스러운 생각이라도 난 듯 불안해졌다. 그들이 바칼레예프 여인숙 입구에 이르렀을 때 그가 라주미힌에게 말했다.

"먼저 들어가. 나, 잠깐 어디 갔다 올게. 볼일이 있어."

"어딜 가려고? 이제 다 왔는데⋯⋯. 그러면 나랑 같이 가자."

"뭐야, 너까지 나를 괴롭히겠다는 거야!" 라스콜리니코프가 버럭 소리를 지르는 바람에 라주미힌은 움찔할 수밖에 없었다. 그는 여인숙 현관 계단에 서서 자기 집 쪽으로 빠르게 사라지는 라스콜리니코프의 뒷모습을 바라보고 있을 수밖에 없었다. 그는 그들이 너무 오랫동안 오지 않아 불안해하고 있을 두 모

제20장

225

녀를 안심시키기 위해 계단을 올라갔다.

　라스콜리니코프가 집에 도착했을 때, 관자놀이는 땀에 흠뻑
젖어 있었으며 숨을 헐떡이고 있었다. 그는 황급히 계단을 올
라 방으로 들어가 문을 잠갔다. 그리고 미친 듯 물건들을 감추
어두었던 벽지 구멍으로 달려들어 손을 쑤셔 넣고 몇 분 동안
이나 샅샅이 뒤졌다. 하지만 아무것도 없었다. 방금 전 그를 불
안하게 만든 것은 혹시 노파가 직접 무언가 적어놓은 포장지
조각 같은 게 그 안에 있을지도 모른다는 생각이었다.
　그는 마치 넋이라도 나간 듯 얼마간 서 있다가 천천히 계단
을 내려갔다. 그가 현관에 이르렀을 때였다. 누군가 크게 외치
는 소리가 들렸다.
　"바로 저 사람입니다."
　그는 고개를 들었다. 관리인이 그곳에 서 있었다. 관리인은
키가 그리 크지 않은 어떤 사나이에게 손가락으로 라스콜리니
코프를 가리켜 보이고 있었다. 헐렁한 옷을 아무렇게나 걸쳐
입은 직공처럼 보이는 사내였다. 주름투성이 여윈 얼굴은 쉰이
넘어 보였고 침울한 작은 눈으로 뭔가 못마땅한 듯 라스콜리니
코프를 쏘아보고 있었다.

라스콜리니코프가 관리인에게 다가가며 말했다.

"무슨 일입니까?"

낯선 직공은 라스콜리니코프를 뚫어져라 찬찬히 살펴보더니 천천히 몸을 돌려 말 한마디 없이 밖으로 나가버렸다.

"도대체 뭐 하는 짓이야!" 라스콜리니코프는 소리를 질렀다.

"글쎄, 저 사람이 와서 댁 이름을 대면서 여기 하숙하고 있느냐고 묻기에 그렇다고 했지요. 마침 댁이 내려오기에 알려주었더니 그냥 저렇게 가버리는군요."

라스콜리니코프는 낯선 사내를 뒤쫓아 달려나갔고 얼마 지나지 않아 그를 발견했다. 그는 고개를 떨어뜨린 채 뭔가 생각에 잠긴 듯 천천히 걷고 있었다. 라스콜리니코프는 곧 그를 따라잡고 나란히 걷기 시작했다. 직공은 흘낏 고개를 돌려 그를 보았으나 이내 다시 고개를 숙였다. 두 사람은 그렇게 아무 말 없이 1분가량 나란히 걸었다.

"나를 찾으셨다죠?" 라스콜리니코프가 마침내 먼저 입을 열었다. 왠지 아주 작은 목소리였다.

직공은 아무 대답도 없었고 심지어 그를 쳐다보지도 않았다. 라스콜리니코프가 다시 말했다.

"도대체 뭡니까? 나를 찾았다면서⋯⋯. 그래놓고 이렇게 아무 말도 없으니……."

왜 그런지 말이 도중에 끊겼고 발음도 제대로 되지 않았다.

그러자 직공이 고개를 들어 그를 바라보았다. 무서운 눈길이었다.

"살인자!" 그는 갑자기 묵직하면서도 또렷한 목소리로 내뱉었다.

그와 나란히 걷고 있던 라스콜리니코프의 두 다리에 힘이 쭉 빠졌고 심장이 멎는 것 같았다. 그들은 그렇게 100보가량 더 나란히 걸었다. 직공은 그에게 눈길조차 주지 않았다.

"도대체 그게…… 그게 무슨…… 누가 살인자라는 건지……." 라스콜리니코프가 들릴락 말락 하게 중얼거렸다.

"네가 살인자다!" 그 사내는 의기양양하면서도 증오에 찬 미소를 띤 채, 전보다 더 확신에 찬 어조로 말했다. 그리고 파랗게 질린 라스콜리니코프의 얼굴을 뚫어져라 바라보았다. 사거리에 이르자 그는 왼쪽 길로 접어들어 계속 길을 갔고 라스콜리니코프는 그 자리에 얼어붙은 듯 서 있었다.

온몸에 맥이 다 풀린 라스콜리니코프는 겨우 자기 방으로 돌아왔다. 그리고 넋을 놓고 앉아 있었다. 언뜻 라주미힌의 발소리가 들리는 것 같았다. 라스콜리니코프가 하도 오랫동안 나타나지 않자 궁금해서 와본 것이 틀림없었다. 그는 눈을 감고 자는 척했다. 잠시 후 라주미힌은 문을 열고 조심스럽게 안으로 들어왔다. 함께 들어온 나스타시야가 속삭이는 소리가 들렸다.

"그냥 두는 게 좋겠어요. 푹 자게 놔두지요. 식사는 좀 늦게 해도 되잖아요."

"그렇긴 해."

두 사람은 밖으로 나간 뒤 조심스레 문을 닫았다.

30분가량이 더 지나갔다. 라스콜리니코프는 생각에 잠겼다.

'대체 그자가 누굴까? 어디에 있었고, 무엇을 본 걸까? 그래…… 모든 것을 다 본 게 틀림없어……. 그런데 왜 이제야……? 대체 어디서 볼 수 있었단 말인가……?'

그는 온몸의 힘이 다 빠지는 것을 느끼면서 동시에 그런 자신에게 혐오감을 느꼈다. 그는 쓰디쓴 미소를 지었다.

'이런 걸 모두 예견했어야 했어. 이럴 줄 알았어야 했다고! 아니, 난 알고 있었어. 그러면서 어찌 도끼를 들고 손에 피를 묻힐 수 있었단 말인가? 그래, 모든 것이 허용된 진짜 절대자, 진짜 주인은 이와는 달라. 그들은 도시를 파괴하고 살육을 자행하고 부하를 수십만 명 잃고도 그 모든 걸 잊어버려. 그런 사람들에게만 모든 게 허용되는 거야. 그래, 그들의 몸은 청동으로

되어 있는 거야.'

그는 열에 들떠 온갖 상념, 환각에 사로잡혔다. 그는, 자신은 사람을 죽인 것이 아니라 원칙을 죽인 것이라고 중얼거리기도 했고, 자신이 벌레 같은 존재임을 논리로 증명하기도 했으며, 갑자기 자신이 선지자가 된 듯 "나는 그 할망구를 절대 용서하지 않겠다!"고 소리치기도 했다. 그리고 혼미한 정신상태에서 어머니, 누이동생, 예기치 않게 죽인 리자베타의 모습을 차례로 떠올렸으며 갑자기 소냐의 얼굴, 그 온순한 얼굴을 떠올리기도 했다. 그리고 그는 의식을 잃었다.

의식을 잃은 상태에서 그는 환각 속을 헤매고 있었다. 환각 속에서 그는 다시 노파의 집을 찾아가고 있었다. 노파의 방으로 들어가니 텅 빈 방에 외투가 걸려 있었다. 외투를 들춰보니 그곳에 노파가 숨어 있었다. 그는 도끼로 노파의 정수리를 내리쳤다. 그러나 노파는 그 자리에 주저앉은 채 웃음을 흘리고 있었다. 그는 계속 도끼를 내리쳤다. 하지만 노파는 온몸을 흔들며 웃고 있었다. 그는 도망치려고 밖으로 나왔다. 그런데 층계에도, 저 아래에도 온통 사람들이 모여 있었다. 그들은 모두 말없이 숨을 죽인 채 기다리고 있었다. 심장이 조여왔고 발바닥은 땅에 얼어붙은 듯 꼼짝도 하지 않았다. 그는 비명을 지르려다 잠에서 깨어났다.

그는 깊은 숨을 몰아쉬었다. 그런데 이상하게도 꿈이 계속되는 것 같았다. 문이 활짝 열려 있었으며 생면부지의 사람이 문지방에 서서 그를 주의 깊게 바라보고 있었다. 라스콜리니코프는 눈을 도로 감았다.

'꿈이 계속되고 있는 걸까, 아니면 생시일까?'

그는 다시 눈을 떴다. 여전히 그를 응시하고 있던 사내는 문지방을 넘어와 문을 살며시 닫더니 안으로 들어왔다. 그는 소파 옆 의자에 앉더니 두 손을 지팡이 위에 포개고 그 위에 턱을 괴었다. 오래 기다릴 심산이 분명했다. 몸집이 좋았으며 연한 빛깔의 턱수염을 기르고 있는 젊지 않은 사내였다.

10분가량이 흘렀다. 이미 해는 뉘엿뉘엿 지고 있었다. 방 안은 지극히 고요했다.

라스콜리니코프는 더 참지 못하고 벌떡 몸을 일으켜 앉았다.

"도대체 무슨 일입니까?"

"당신이 자지 않고 있으면서 자는 체하고 있다는 걸 알고 있었소." 낯선 사내는 조용히 웃으면서 야릇한 대답을 했다. "실례지만 내 소개를 하겠소. 아르카디 이바노비치 스비드리가일로프입니다."

죄와 벌 I

생각하는 힘: 진형준 교수의 세계문학컬렉션 43

펴낸날	초판 1쇄 2020년 4월 17일

지은이	**표도르 도스토예프스키**
옮긴이	**진형준**
펴낸이	**심만수**
펴낸곳	**(주)살림출판사**
출판등록	**1989년 11월 1일 제9-210호**

주소	**경기도 파주시 광인사길 30**
전화	**031-955-1350** 팩스 **031-624-1356**
홈페이지	**http://www.sallimbooks.com**
이메일	**book@sallimbooks.com**

ISBN	978-89-522-4205-1 04800
	978-89-522-3986-0 04800 (세트)

※ 값은 뒤표지에 있습니다.

※ 잘못 만들어진 책은 구입하신 서점에서 바꾸어 드립니다.

이 도서의 국립중앙도서관 출판시도서목록(CIP)은 서지정보유통지원시스템 홈페이지
(http://seoji.nl.go.kr)와 국가자료공동목록시스템(http://www.nl.go.kr/kolisnet)에서
이용하실 수 있습니다.(CIP제어번호: CIP2020013933)

책임편집 **박규민**